死ぬまで、働く。

97歳・現役看護師の「仕事がある限り働き続ける」生き方

池田きぬ

すばる舎

はじめに

私は、今年で97歳になる現役看護師です。三重県津市の一志町にある、サービス付き高齢者向け住宅（サ高住）「いちしの里」で働いています。

私が看護学校に入ったのは、17歳のときです。太平洋戦争が激しさを増す中、赤十字の救護看護婦養成所を卒業して、神奈川県湯河原の療養所に看護婦（当時）として召集されました。それからずっと看護師を続けてきました。

今、働いている職場は、88歳のときに募集を見て応募しました。30代後半からは、管理者や婦長など人の上に立つ仕事をしてきましたが、最後は、一看護師として「そおっと勤めよう」と思ったのです。採用していただき仕事を始め、9年が過ぎました。こんなに長く働けるとは、自分でも思っていませんでした。

夫は20年ほど前に亡くなり、それからずっとひとり暮らしです。家ではマイペースに、家事や家庭菜園の手入れをして過ごし、週1〜2回は職場に出勤して仕事をしています。職場にいると気持ちがシャキッとして、体もよく動きます。

こんなメリハリのある暮らしが、今の私にはちょうどいいようです。

勤務が終わると「体がえらい（＝しんどい）な」と感じますが、家に帰ると「今日も働けた」という充実感があります。

97年間の人生は、いつも忙しかったですね。戦争中は、療養所での負傷兵の看護を経験しました。でも、本当の苦労は、終戦後結婚し、本格的に仕事に復帰してからでした。

子育てと仕事の両立で悩んだり、精神科の看護という難しい分野の仕事を担ったり、人をまとめる管理職の立場になったりもしました。そして、自分の病気や家族の介護なども経験しました。

女性が子育てをしながら働くのは珍しい時代でしたし、働き方改革という言葉もありませんでした。でも、周囲に助けてもらいながら、どうにか仕事を続けることができました。

２０１８年93歳のとき、75歳以上の医療関係者（当時）に顕彰する「山上の光賞」を受賞しました。目の前のことをコツコツと続けてきただけなので、選んでいただいて驚きました。でも、同じように長く働いている人の励みになったらいいなと思い、ありがたくお受けしました。

職場でも、時々若い人から「池田さんのように、私も長く働けたらいいわ」と言われ、仕事やプライベートなことで相談を受けます。そんなときは、私の経験を踏まえた話をさせてもらいます。いろいろな経験ができたのは長生きしてよかったことだと思いますし、それが人の役に立つのはうれしいです。

こんな私の人生を「本にしませんか」と、思いがけないお誘いを受けました。特別なことはひとつもないから、最初はお断りするつもりでした。でも、職場で相談を受けたときと同じように、読んでくださった方の背中を押すことができたら、「それも、ええやないかな」と思い、お引き受けしました。

今、振り返ってみると、私の人生は、本当に地図のない曲りくねった道のようでした。その道を生きている限り、自分なりに考え、前を向いて歩いてきたのだと思います。健康に過ごせ、多くの方々の温かいご理解に助けられた人生であったことを感謝する日々です。

あと3年で100歳になります。できる限り働いて、ひとり暮らしを続けていかれたらと願っています。

池田きぬ

目次

第1章
97歳、今も現役で看護師をしています

第2章

「目の前に仕事がある限り働く」生き方

第3章
自分でできることは自分でする暮らし

第4章

80年の仕事人生で培った人間関係の勘どころ

第5章
どんな苦労も経験も私という人間を作る薬

デザイン　萩原弦一郎（256）
撮　影　林ひろし
写真提供　池田きぬ
編集協力　大橋史子（ペンギン企画室）
編集担当　水沼三佳子（すばる舎）

【編集部注】本書には「看護婦」「保健婦」「婦長」など、現在では不適切であるものの、著者の生きた時代には用いられていた表現を、あえて使用している箇所があります。

第1章
97歳、今も現役で看護師をしています

この年まで生きて働いているとは思いませんでした

１９２４年（大正13年）、三重県一志郡大井村（現在の津市一志町）に５人姉妹の末っ子として生まれました。今年で97歳です。看護学校時代を入れれば、看護師になって80年経ちました。

生まれた場所の近くのサービス付き高齢者向け住宅（サ高住）「いちしの里」で働いています。主人が約20年前に胃癌で亡くなり、それ以来ひとり暮らしをしています。ずっと仕事をしていたせいか、寂しいと感じたことはないですね。

同じ県内の別の場所に住んでいる２人の息子たちは、「近くに住もう」と言ってくれていますが、ひとりのほうがラクですわ。お嫁さんたちもいい人ですが、生活時間が違うとお互いに気を使いますので。

亡くなった姉の子どもたちである姪と甥、それに姪の娘が近所に住んでいて、時々おかずを持ってきてくれたり、雨の日に車で職場に迎えに来てくれたりと、何かと助けてもらっています。

息子たちは、72歳と66歳になりました。孫は長男、次男に2人ずつ。孫たちもとうに成人して、所帯を持っています。ひ孫は5人いて、10代から20代です。一番年上のひ孫は結婚し、今年玄孫(やしゃご)が生まれました。まさか、玄孫の顔を見るまで長生きするとは。

看護師としてのスタートは、女学校卒業後の進路を決めた17歳のときです。先生から日本赤十字三重支部山田病院(現在の伊勢赤十字)救護看護婦養成所の募集のことを聞いて、受けてみようかなと思いました。1941年、赤十字の救護看護婦養成所に入学しました。

今の人のように、「看護師になりたい」としっかり目的を持っていたのとは違いますわ。制服に憧れていましたね。でも、自分が看護婦（当時）に向いているかどうかはわからなかったけど、人間は生きている限り病気をするので、「失業することはないやろう」と思いました。

父は早くに亡くなりましたので、今で言うシングルのワーキングマザーに育てられ、自分も子どものときから家業を手伝ってきたので、「手に職をつけねば」という気持ちが強くありました。

戦争中は、横須賀の海軍が療養所として接収していた湯河原の温泉旅館に、看護婦として召集されました。そして、戦争が終わって故郷に戻り、23歳でお見合い結婚。当時勤めていた病院を退職し、すぐに長男を出産しました。

私たち家族3人、主人の両親、主人の弟や妹4人の計9人の大家族です。義母

が家にいたので、「家に女は2人もいらない」ということになり、また仕事を始めました。

立派な志があったというよりは、家族が多く、家計を助けるためというのが、仕事を再開した理由でした。その後、次男を出産しましたが、子どもたちの面倒は義母に任せて、仕事は続けました。

まさか自分がこの年になるまで働いているとは思いませんでしたが、いくつかの病院や介護施設で働き、看護に関わって80年になりました。

戦前の昭和10年代から、令和の時代まで。看護師というのは、それだけ流行り廃りのない、いつの時代にも必要な、ずっと続けられる職業ということでしょうね。17歳のとき、「失業することはないやろう」と思ったのは当たっていました。

88歳で現在の職場に。「最後のおつとめ」のつもりで

私がいちしの里で働き始めたのは、今から9年前、88歳のときです。姪のひとりが看護師をしていて、いちしの里で看護師を募集していることを教えてくれました。

生まれた家の近くだったので、「懐かしいな。最後に、ここで働けたらいいな」と思いました。

年齢がいっているから、採用してくれるかわからないけど、試しに行ってみようくらいの気持ちで、訪ねました。それまで婦長（現在は師長）などの責任者

をしていましたが、最後は肩書きのない、一看護師として仕事を全うしたい。誰にも知られずに、「そおっと勤めよう」と思いました。

いちしの里の社長さんは面接のときに、「85歳って聞いとった」と笑いなさったけど、採用してくださいました。その期待にこたえなあかんから、「仕事はきちんとせな」と思っています。

サ高住は一般的に、介護不要や要介護度の低い高齢者が入居する施設です。けれども、いちしの里は社長さんが「終のすみかになるサ高住を作りたい」と志し、始めた施設。胃ろう（食事がとれない人に、手術で腹部に小さな穴を開けてチューブを通し、栄養剤を胃に直接入れる処置）などが必要な介護度の高い方も、積極的に受け入れています。

そうした医療行為を担うため、看護師が多く雇われています。

半日の勤務で担当する入居者さんは6～7人。寝たきりの方、認知症の方いろいろです。

いちしの里は、長年勤めていた病院に比べたら、ゆとりがあります。病院での仕事は、緊急時の処置、病名を突き止める検査や治療など、緊急性が高いものです。ここでは、入居者さんの日々の体温や血圧を測る、食事の介助をする、胃ろうや痰吸引など、基本的な看護が中心。

入居者さんはほとんどが年下で、97歳の私より年上の方は2人です。それぞれの様子を見ながら、ていねいに看護するようにしています。もちろん、命に関わることなので緊張感は持っていますが、病院に勤めていたときとは違いますね。

それでも、勤務が終わると体はえらい（＝しんどい）です。でも、家に帰ってくると、「今日も働けた」という感覚が爽やかなんです。そういう気持ちが持てることは「いいな」と思っています。

この気持ちのままで仕事を続け、最後を飾れたらいいですね。

いちしの里社長・淺野信二さん①

池田さんはキャリアがあるのに、謙虚な方です

僕たちがやっている「サービス付き高齢者向け住宅」は、特養などのような介護保険施設ではありません。一般的には、介護の必要がない比較的元気な高齢者が、賃貸契約を結んで暮らす住宅です。

でも、僕はいちしの里を「終のすみか」にしたいと考え、医療充実型にするために訪問看護ステーションを作ろうと思いました。少し複雑ですが、そのステーションから看護師が、各入居者さんのところへ訪問するという仕組みです。とはいえ、外から見たら、施設内に看護師が常駐しているのと変わりません。

訪問看護ステーションとして機能するには、看護師の数が必要です。しかし、看護師を募集しても、なかなか集まりませんでした。

そんなとき、池田さんが応募してきたのです。88歳だったから、周囲から採用

することに反対されました。でも、年齢は関係ないと思ったし、池田さんのそれまでの経歴、職業に対する倫理感が素晴らしかった。

何よりも採用の決め手になったのは、池田さんのその謙虚な人柄でした。あちこちの病院や介護施設で責任者をやってきたのに、面接で「何でもやります。私は一生、看護師をしていたい」と言ってくれました。キャリアがある人はプライドが邪魔して、なかなかそんなふうには言えません。

これはだいぶ後に知ったのですが、池田さんは60代のとき、国からの叙勲を受けているのですね（宝冠章・勲六等）。面接のときには、そんなこと一言も言わなかった。自慢したり偉ぶったりしたところが、かけらもないのです。

経験豊富な池田さんが来てくれることになったのは、それだけでありがたかったのですが、さらにありがたいことが。それまでは看護師がなかなか採用できなかったのに、「池田さんがいるなら」と優秀なシニア人材が集まってきたのです。

いちしの里は介護度により3つの棟に分かれており、勤務中に何度も行き来することになります。急ぐこともあるので転ばないように、足元をしっかり見て。

看護師の世界は横のつながりが非常に強いので、知っている人がいれば「◯◯さんが働いている職場なら」と選んでもらえます。働きやすい職場だと思ってもらえれば、知人の看護師を紹介してくれます。

今、いちしの里には、97歳の池田さんを筆頭に、80歳の橋口光子さん、83歳の橋本美恵子さんがいます。

この3人はいろいろな病院や施設で看護師長などの責任者を歴任してきた、この地域ではよく知られた看護師ビッグネーム。他の施設の人からは、「3人が同じ施設で働いているんですね」とよく驚かれます。

池田さんを採用したことにより、「池田さんがいるなら」と橋口さんが来てくれ、「橋口さんがいるなら」と橋本さんが来てくれました。

現在、施設は3棟、入居者は50名。医療依存度の高い人もいて、看護師は30名在籍しています。24時間看護師が常駐する、医療面で充実した施設になりました。

集まったシニア看護師。みな元気に働いています

私がいちしの里で働き始めて2～3ヵ月後に、橋口さんが管理者としていらっしゃいました。

私より17歳年下なので、今80歳。それまで一緒に働いたことはなかったけれど、同じ職業なので、いろいろなところで顔を合わせていました。違う施設で働くからと就職を断りに来たようですが、「池田さんがいるなら」とこちらを選んでくださいました。

新しい職場に知っている顔があると、安心できますね。それからご一緒させて

もらっています。

橋口さんは、いちしの里でずっと管理者をやられていましたが、2～3年前に40代の岡野さんに譲られました。今は一看護師ですが、みんなのまとめ役のような頼りになる存在です。

看護師が足りなかった頃は、橋口さんが、知人や元部下などのベテランのシニア看護師に声をかけてくださいました。社長さんは、まずはシニア看護師を採用して体制を整え、次に若い人を採用しました。今でも、60代以上の人が11人働いています。

年1～2回、橋口さんや他のシニア看護師たちと、ご飯を食べに行くことがあります。私も参加して、みなさんとおいしいものを食べて、おしゃべりをして楽しい時間を過ごしています。

橋口さんは、フルタイムで働いていますけど、趣味もたくさん持っていて「偉いな～」と思います。仕事の合間にたくさん習い事をされていて、パワフルですね。

私は、大正琴、水墨画、絵手紙などちょいちょいしましたが、2～3年で終わってしまいました。看護師の仕事をしていると、他のことに身が入らないですね。練習する暇がなくて、上達しません。あかんわ。

いちしの里前管理者・橋口光子さん（80）

年を重ねて働けることは幸せ。池田さんが目標です

いちしの里で働き始めて約9年。まさか、自分が80歳になるまで働いているとは、思いませんでした。

私は結婚して仕事を辞めて家庭に入ったのですが、子どもを2人出産して、36歳のとき役所の保健婦として仕事に復帰しました。その後、病院で看護婦として働き、49歳のときに介護老人保健施設（老健）で管理者になり、施設の立ち上げを3回経験。新しくできたケアマネジャーの資格を、第1回目の試験で取得しました。

60歳で定年退職してからは、NPOでグループホームの立ち上げを支援したり、居宅介護支援事業所でケアマネの仕事をしたりしました。

池田さんとは一緒に働いたことはないけれど、池田さんが勤務していた病院に仕事で行ったり、講習会で会ったりして、お顔は知っていました。

だから、いちしの里で池田さんに会ったのは、偶然とは言え、うれしかったですね。実は、同時に別の職場からも採用の連絡をもらい、そちらに行こうかなと思っていましたが、大先輩の池田さんがいるなら……と思って、ここで働くことにしました。

ちょうど、いちしの里は先代の社長から今の社長に変わり、体制を立て直す時期。老健やグループホームの立ち上げに関わってきた私の経験を、活かせるかなとも考えました。管理者として採用され、組織作りや人材育成などを社長と2人で担いました。

社長は年齢に関係なく、仕事をきっちりする人を大切にします。私や池田さんは、「若い人より、ようけもらうと悪い。給料を安くしてください」と言ったことがあります。そのほうが気楽かなと思ったのですが、社長には却下されました（笑）。

だから、シニアでも「同じお金をもらっているんだから。しっかり働かないといけない」という気持ちがあります。

池田さんは「こんな年になって働いていて、ええんやろか。橋口さん、私はもう辞めますわ」って、1年に何回も言って辞表も書いています（笑）。もちろん、池田さんの気持ちもわかります。私も、周囲から「橋口さん、まだ働いているの？」と言われています。

でも、年齢を重ねて働けることは、健康だという証拠です。たくさん食べて、よく寝て、頭を使って、働けることは幸せです。最近はそう思って、もっと威張ってもいいんだと考えました。

だから、池田さんにも「もっと胸を張っていいのよ。100歳まで働きますって言いましょうよ」と、はっぱをかけています。

池田さんは、胃ろう、食事介助、衛生用品の補充など、仕事はきちんとこなしています。予定を忘れることもないし、順番を間違えることもありません。勤務時間よりも前にきちんと出勤されます。

もちろん、年齢とともに衰えることはあると思いますが、忘れたり間違えたりしないようにメモを取り、それを確認しながら看護している姿は尊敬できますね。

私は、最初から常勤で社員として働いています。週2回は休むようにしていますが、人手が足りなくなる土日はほぼ毎週入っています。

でも、勤務はシフト制なので、時間をやりくりして、習い事もたくさんしています。週5日は何かしら予定が入っていますが、楽しいですね。お料理が好きなので、毎晩、夕食を作り、主人としっかり食べています。お肉やお酒は私の元気の源で、ビフテキにした日は夫婦でワイン1本開けることも。
最近、健康にいいと言われている黒ニンニクを作る調理器具を買ったんです。池田さんから「また、新しい調理器具を買ったの？」と笑われています。時々、黒ニンニクを池田さんにもお裾分けして、喜ばれています。

池田さんと仲のいい介護士さんが、時々家をのぞきに行くので、「何してた？」って聞くと「ゴロゴロ寝ていた」って（笑）。だから、「池田さん、仕事に出ていらっしゃいよ」と言って、人手が少ない土日に入ってもらうようにしています。池田さんは「もう、よろしいわ」と言いながら、張り切って出てきてくれます。

池田さんは、私にとって大切な人です。いつまでも元気で、できるだけ長く働いてもらいたい。私もそれを目標にして、働いていきたいですね。

週1～2回の勤務がちょうどいい。生活のメリハリに

いちしの里はシフト制なので、自分が希望する日数、時間で働けます。今は、だいたい週1～2日くらい、半日の勤務です。

88歳で働き始めたときは、月12日くらいの勤務でした。その後、徐々に増やしていって、2年目からは月21日勤務とほぼ常勤。その後、90歳を過ぎた頃から、勤務時間を少し減らして月100時間程度（月12～18日勤務）、3年ほど前から、年齢を考えて月50時間程度（月8日勤務）になりました。

80代までは週5日、90代の前半は週3～4日働けたのですが。さすがに、この

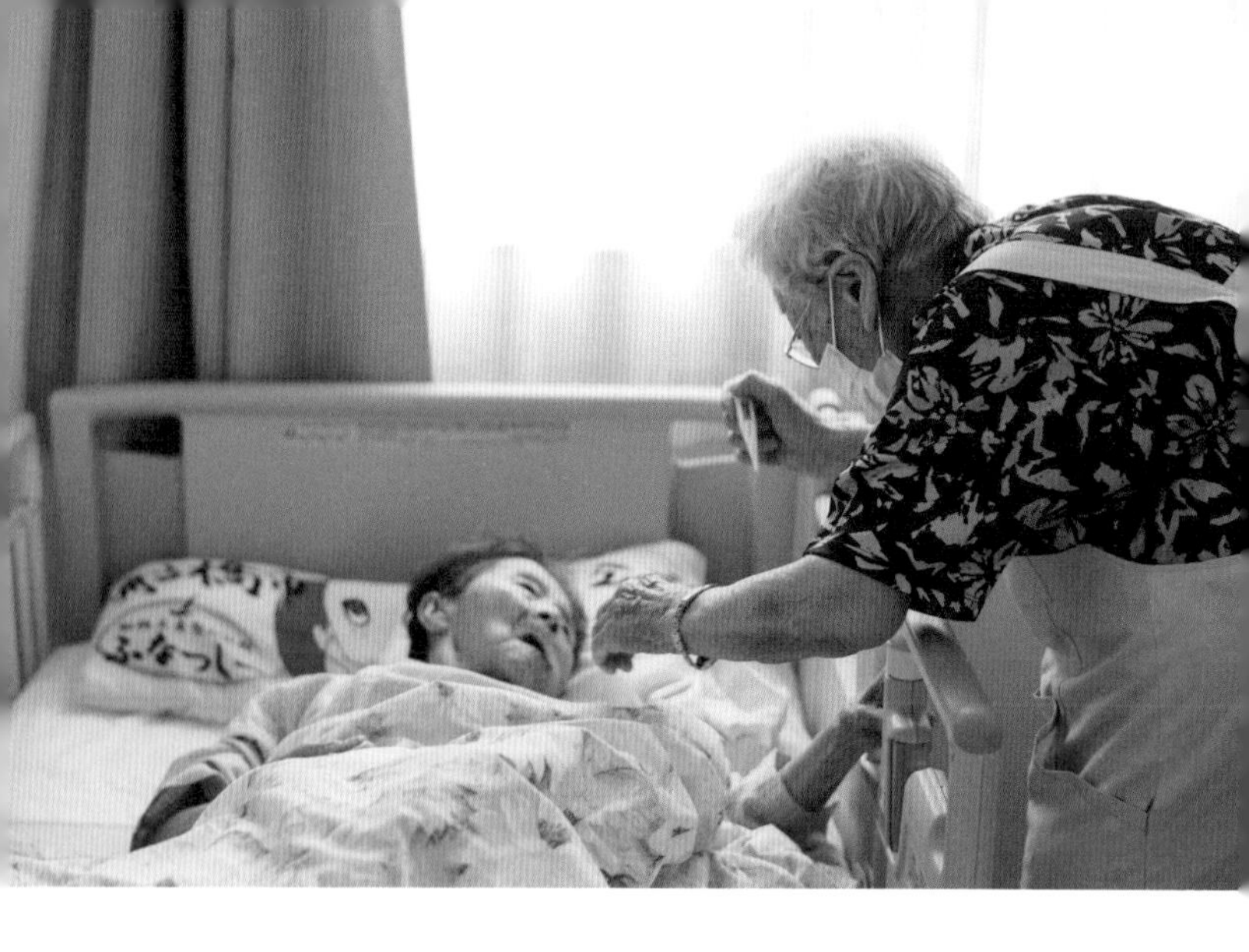

年になるとあきませんね。

最近は、こんな働き方をさせてもらっています。

勤務日の前日の夕方から職場に行って、その日は職場に泊まらせてもらいます。家から職場まではバスで通っているのですが、バスの本数が少ないから、時間を合わせるのが大変で。

とくに朝からのシフトのときは、ちょうどいいバスがないことも。前日からの泊まり込みがとても助かるのです。

手が足りないときは、入居者さんの夕

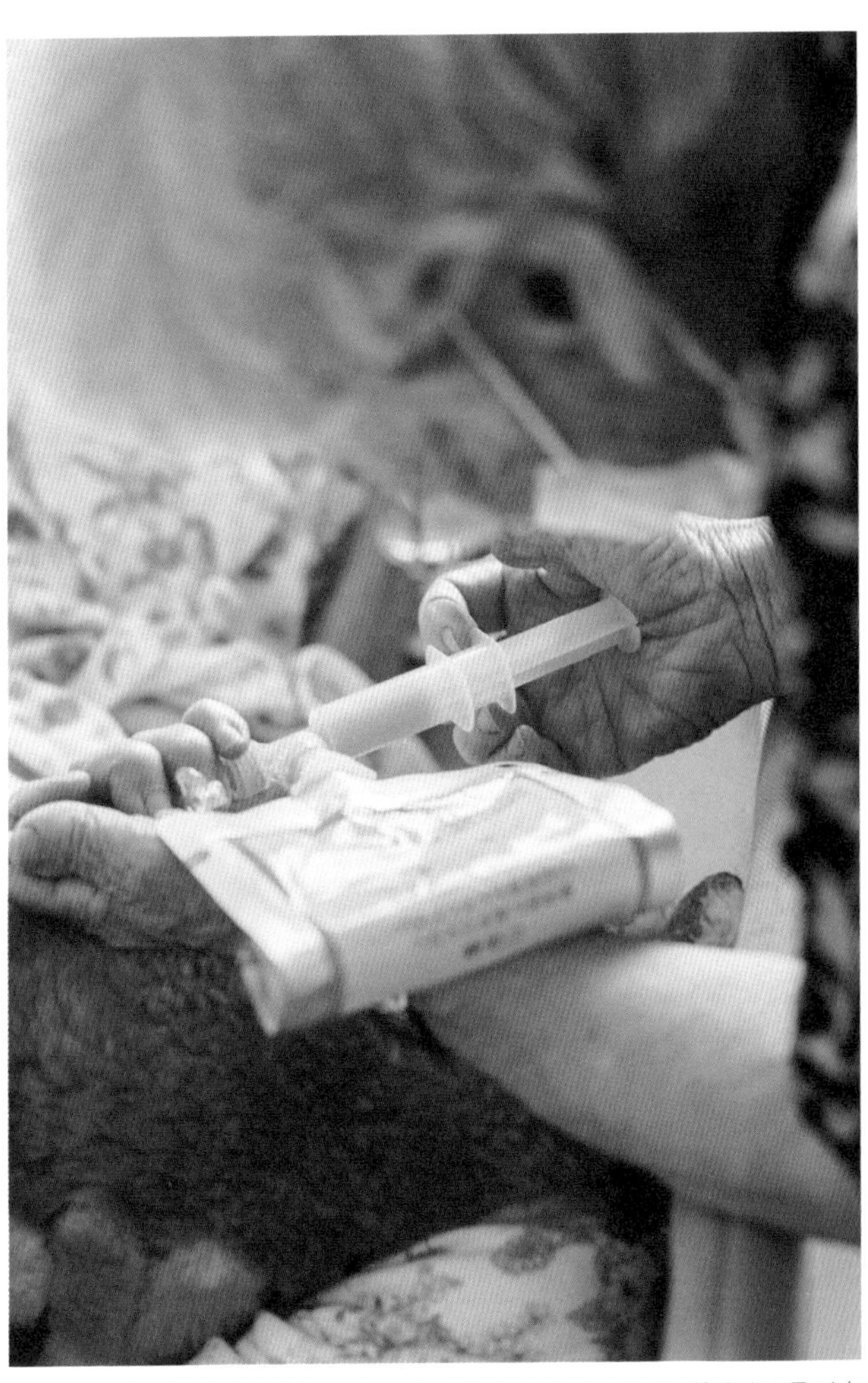
胃ろうの器具に栄養剤を注入。人により、栄養剤の種類や、1回で注入する量が変わってきます。

食の食事介助をしたり、夜中に起きてくる入居者さんのお世話をしたりします。

そして翌日の勤務日は、朝は5時に起床して、5時半から入居者さん2人に、バイタル（脈拍、呼吸、体温、血圧）測定をし、胃ろうを行います。

7時頃から、2～3人の朝食の介助をします。その後、9時から12時頃までは、4人の入居者さんに、バイタル測定、必要な人には胃ろう、痰吸引などの看護をします。

なかには、知的障害のある方が、認知症を発症して施設に入居されたケースも。その方と一緒に、計算問題をやることも仕事の一部です。

ちなみに、計算問題のプリントは橋口さんの手作り。入居者さんの状態に合わせて、まめにそうしたものを用意してくれるんですね。頭が下がります。

12時で勤務終了。半日ですけど早朝からなので、6時間半ほど働いているかしら。家から持ってきたお弁当を食べながら1時間ほど休憩して、バスに乗って家に帰ります。

時々、午後から出勤して夕方まで働いて、その日は職場に泊まり、翌日は朝から働くというような2日連続の勤務をすることもあります。

若い頃は、自分でしようと思ったことがすぐに行動できました。でも今は、与えられたことをこなすのに精一杯。だからこそ、なるべく、訪問看護は1〜2件ではなく、6〜7件くらいと多めに担当します。

勤務時間内に効率よく終わるように、訪問する順番など自分なりに工夫をするんです。予定通りに終わったときは、「がんばったな」とうれしくなります。

仕事がなくて家にいるときは、庭仕事をしたり、家事をしたりとけっこう忙しくしています。

でも、家のことは、今日は疲れたから明日にしようと延ばすこともできますが、仕事はそんなことができません。だから、仕事が私の生活の良いメリハリになっています。

週1～2回の勤務というのが、ちょうどよろしいですね。働く日があるから、その日を目標に1週間がんばろうと思えます。

家にいる間は、ぼんやりしてゆるんでいるから、勤務で家を出るときは、頭がフワ～ッとして「大丈夫やろうか」と思うんです。でも、バスに乗っているうちに気持ちが変わっていく。バス停で降りて、職場までの道を歩いていると、気持ちがシャキッとして体も動くようになります。

つくづく、根っからの仕事人間なんでしょうね。

私たち年寄りは若い人をサポートするのが役目

いちしの里では、私のようなシニアや小さい子どものいるお母さんなど、いろいろな年代の人が働いています。

それぞれのペースで働けるようなシフト制になっているので、学校に行っている子どものいるお母さんは、朝9時から午後2時頃まで働いて、子どもが帰ってきたら家にいられるような働き方をしています。企業主導型保育園も併設しているので、就学前の子どものいるお母さんは、勤務中に子どもを預けることができます。

仕事も家庭もバランスよくが、今の働き方です。私たちの頃とは違いますが、とてもよろしいことですね。

子育てをしている人は子どもが優先になりますので、どうしても朝早くや夕方、土曜日曜などは働けません。子どもが熱を出すこともあるし、保育園や学校の行事もあります。だから私は、そういう人たちの穴埋めの時間に働こうと思っています。

仕事のシフトを組んでいる管理者の岡野さんにも、「私は、人が足りない時間に出るわ」と伝えています。ひとり暮らしだから、土日も関係ないですから。自分も責任者をしていたから、シフトを作る大変さはわかっています。だから、なるべく協力したいですね。

なかには、「若い人たちの穴埋めをするのは嫌だ」と辞めていく人もいました。

でも、若い人が働きやすいように、良い雰囲気を作ってあげるのは、私たち先輩の務めです。それも、自分の仕事と思えば、「ええやない」と考えています。

今の主役は若い人たちですから。私はたしかに長年この仕事をしてきたし、婦長など人の上に立つ立場も経験してきました。でも、今は一兵卒にすぎないし、むしろみなさんに迷惑をかけてしまう年齢です。

若い人たちのサポートに回るのが自分の役割だと思っています。子どもがいても、仕事を続けられるといいですね。若い人が、少しでも働きやすくなるといいなと思います。

橋口さんも同じように考えていて、やはり土日のシフトに入っています。人が足りないときは、「池田さん、出てきてよ」と連絡をくれるので、私もできるだけ断らずに、シフトに入るようにしています。

橋口さんはお料理上手で、勤務が一緒になると、黒ニンニクとか手作りのお土産をくださることがあります。あまり料理が得意ではないから、うれしいですね。

私はお返しに、家の庭で作っている野菜や花を持って行きます。野菜がたくさん取れたときは、職場のみなさんにもお裾分けします。こんなやり取りも楽しいですね。

20代や30代の人から見たら、私たちは祖母、それどころか曾祖母の年代。おばあちゃん世代がたくさんいるのは、どこかのんびりした空気になるのかしらね。職場は和気あいあいとしていると思います。私たち年寄りがいることの効用もあるのかもしれません。

いちしの里社長・淺野信二さん②

60代以上のシニア看護師11名、介護士7名が元気に在籍中です

シニア看護師の内訳は60代5名、70代3名、80代2名、90代1名です。他の病院を60歳で定年退職した方はまだまだ元気で、働く意欲も高いのです。

いちしの里のような介護施設は、病院に比べて一般的に労働量は多くないので、シニア世代でも体力的に通用すると思っています。フルタイムで働きたい人、パートタイムで働きたい人など、その人の状況に合わせて働いてもらっています。

子育てに忙しい世代を助ける形でシフトに入ってもらうことも多いのですが、自分たちも子育てをしながら働いた大変さや、管理職としてシフト作りの苦労を経験しているためか、気持ちよく対応してくれるので本当に助かります。

また、医療の世界では、資格や経験がないと携われない仕事が多くあります。

たとえば、精神医療の訪問看護に従事するには、精神科のある病院での勤務経験が必要です。その経験がある池田さんがいるおかげで、私たちは精神疾患のある入居者さんを受け入れることができました。

先の橋本さんは、様々な病院で看護のトップを歴任してきた人です。講演などの活動をしながら、一看護師として現場を離れたくないと、週1回いちしの里で働いています。

他にも、とくに人が足りなくなる夜勤を受け持ってくれているシニア世代が、数名います。夜勤専従常勤パートの野村さんは現在78歳です。夜勤は17時～翌9時の勤務で、野村さんは月11回勤務しています。

8時間勤務を月22回するのと同じ時間数なので、かなりハードなはず。でも、減らすと怒られますので、本人の希望に任せています（笑）。

介護職などのスタッフ33名のうち、60代以上は7名です。82歳の介護士の中西さんは、かつて池田さんと同じ病院で働いていて、池田さんが大好き。池田さんが働くところを、いつも追いかけて働いているようです。中西さんを採用したのは77歳のときで、骨折などで少し勤務の中断もありますが、長く働いてくれています。今は週3日の4時間勤務で、原付バイクで通っています。

池田さんを採用するとき、高齢だからと周囲から反対されたこともありました。でも、実際に一緒に働いてみて、デメリットはまったくありません。

あえて苦手な分野を言うなら、ITスキル、車を使っての送迎、体力仕事などですが、そういった分野は若い世代が担っています。それぞれの世代が、お互いに補完しながら力を発揮できる、良い循環になっていますね。

仕事をする限り、きちんとやる。年だからと甘えてはあかんですね

若い人たちの仕事は、手際がいいですね。見ていて、とても気持ちがいいし、元気をもらえます。

私もみなさんのようにキビキビ動けたらいいですが、なかなかそうもいかない。でも、年寄りだからと甘えてはあかんですね。年齢を言い訳にしたらいけない。仕事をする限りはきちんとやりきらないと。

「年をとっているからあかんな」と思われても、しゃくやし（笑）。

社長さんは、年齢関係なしに仕事に対してお給料をくださるので、みなさんと

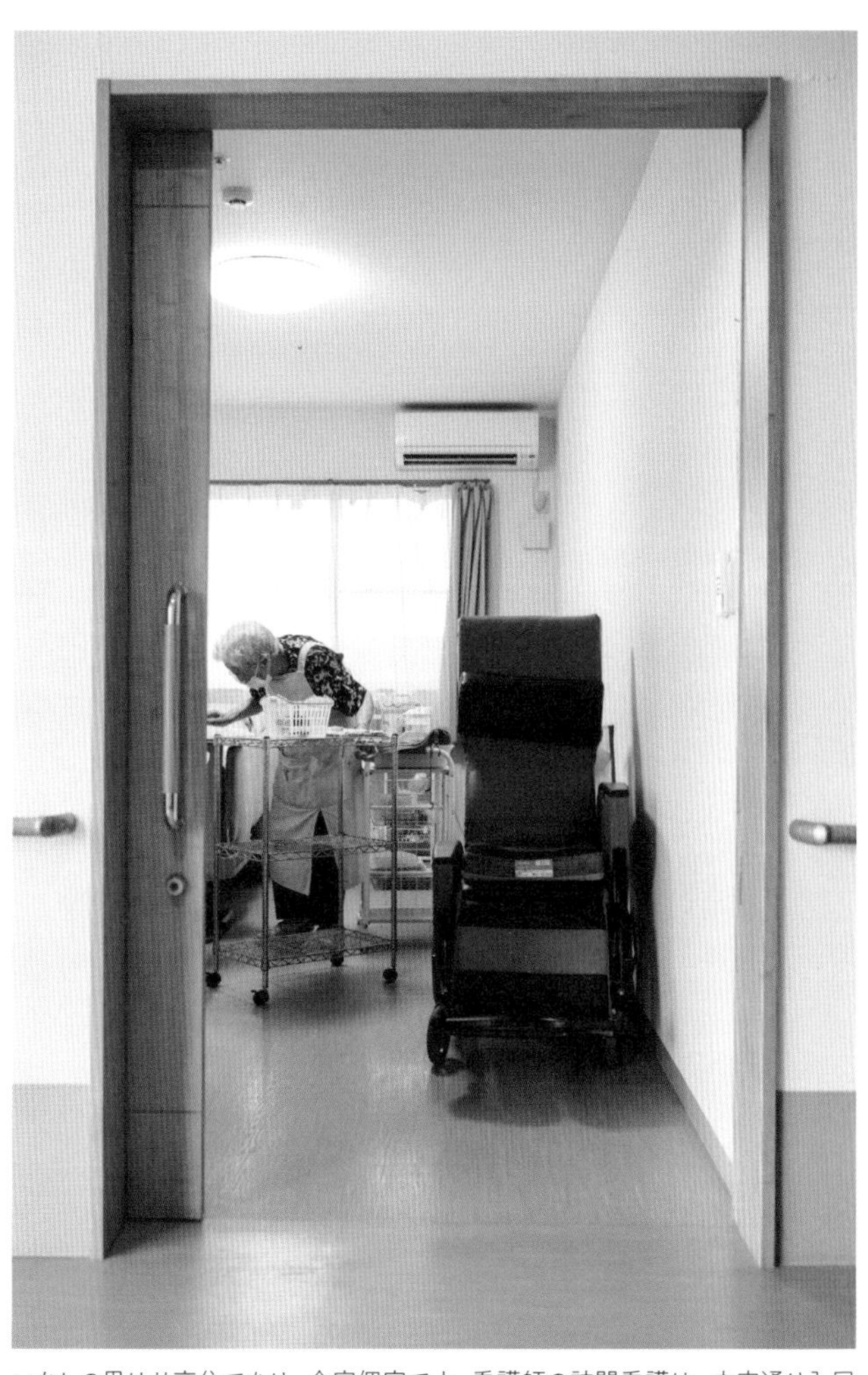

いちしの里はサ高住であり、全室個室です。看護師の訪問看護は、文字通り入居者さんの各部屋を「訪問」する形になります。

同じ時給をいただいています。だからこそ、「しっかり働かないと」という気持ちもあります。

若い人のようなスピードを出せないのは、しかたがない。自分のペースでさせてもらっていますが、心がけているのは「ミスをしない」こと。

どの入居者さんにどんな看護をするか、取りこぼしがないように、細かくチェックしています。看護が終わった後も、体温や血圧などバイタル数値はもちろんのこと、施した措置や入居者さんの様子、気になったことなどをすぐにメモします。

忘れたらあかんので。あとで看護記録をまとめるとき、記入漏れがないように。

施設でする看護のひとつは、胃ろうです。食事がとれない入居者さんに、朝昼晩と看護師が行います。チューブが外れないように、手で押さえてていねいに。

大人しくさせてくれる人もいるし、手を動かす人もいます。チューブがずれてしまうと、中身があふれて洋服を汚してしまうことがあるのです。

その他の措置も、ていねいに、ひとつずつ確実にするようにしています。やり直しになれば、それだけ時間がかかってしまいますから。

入居者さんへのバイタル測定、胃ろう、痰を取るなどの看護はずっとしてきたこと。手順や段取りも体にしみついているので、年齢を重ねた今も、スムーズに動くことができています。

80代はまだまだ体が動いたけれど、90歳を超えたら、仕事中に「えらいな（＝しんどい）」と思うことも出てきました。でも、口には出さないし、休むことはしません。

担当する訪問看護が終わって時間ができたときは、体温計を拭くアルコール綿などの材料作りをしています。決められた時間内は、きちんと働くようにします。手があいたとしても、仕事に関係ない雑談はしません。職場の雰囲気がだらしなくなるので、雑談は休憩時間にします。昔からずっと心がけてきたことですが、今の職場でも守っています。先輩として、職場の雰囲気作りには貢献したいと思っています。

入居者さんとは同世代ですので、気持ちも理解できるし、会話ができなくても打ち解けられることもあります。

看護をするときに、相手の気持ちを考えて話しかけたり、話を聞いたりすることを心がけています。それは、年を重ねたからこそできる、私の仕事なのかなと思います。

胃ろうの人たちは話すこともできないし、意思表示もあまりないですね。いつも、「ご本人たちはどういうふうに思っているんだろう」と、考えながらしています。

話をすることはできなくても、その人の部屋に入ったら、「おはよう、○○さ

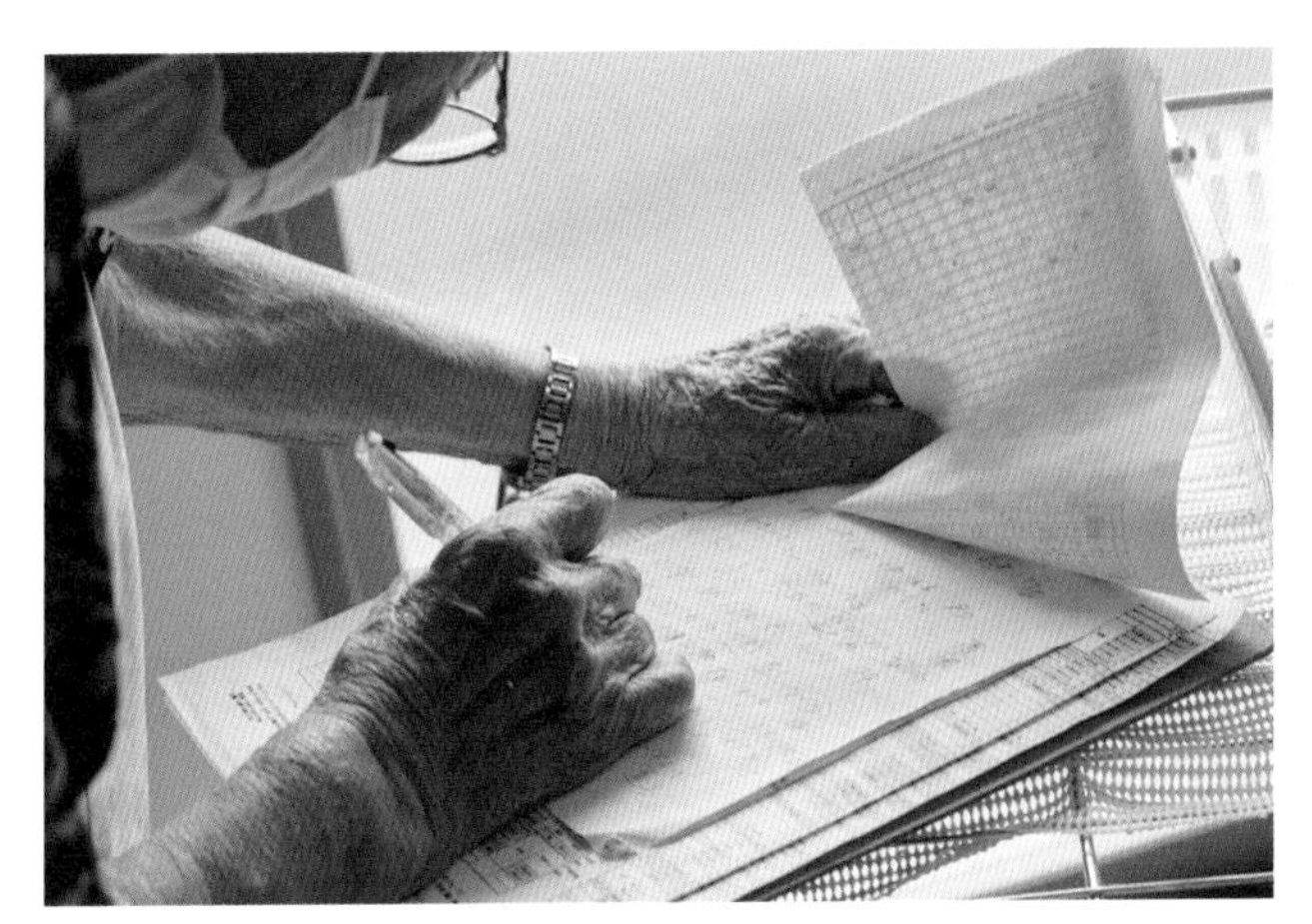

1人の方の看護が終わったら、看護の内容をすぐにメモ。勤務の最後にまとめて書く看護記録に、記入漏れがないように。

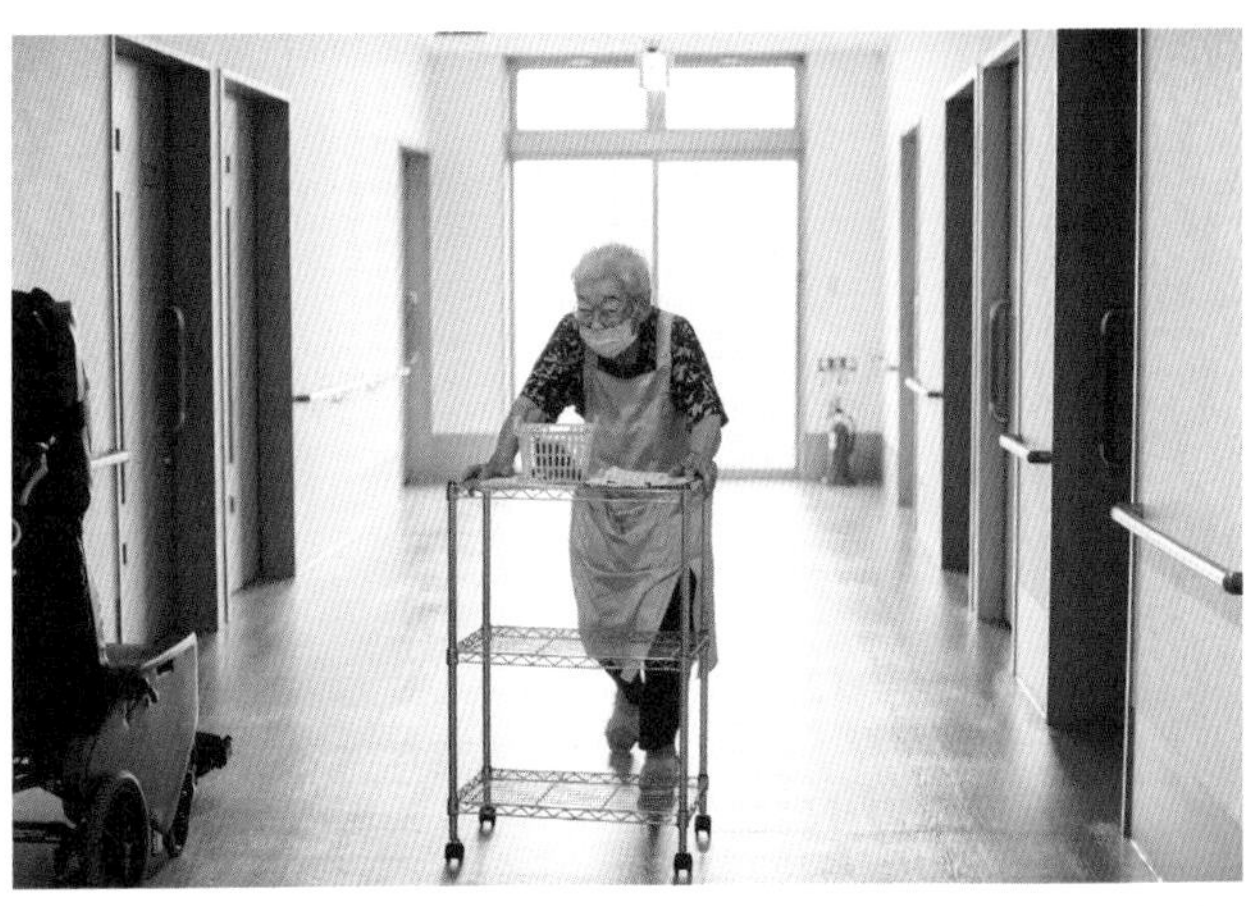

押しているのは、配膳用のワゴン。あいていたら、移動用に借りています。ワゴンのおかげで、足元が振らつくことなく、速く歩けます。

ん」と顔を見ながら声をかけます。「ああ〜」と言うだけの人もいますが、顔はこちらを向けてくれます。

手を握って冷たいときは、「お布団の中に入れとき。あったかいで」と話しかけることも。

唇が乾燥しがちな人にクリームを塗ってあげると、気持ちがよかったのか訪問のたびに口をあけて待っているように。

話はできなくても、コミュニケーションはとれているのかなと思います。

足手まといになったら
退く覚悟で

いちしの里で働き始めた頃は、80代。まだまだ元気でフルタイムで働けました。でも、80代と90代は違います。やっぱり体がえらい。

仕事ばかりの仕事人間ですが、本当は「もうそろそろ辞めなきゃあかんかな」と、ずっと思っているんです。仕事をする限りはきちんとやりたいので、足手まといになったら、辞める覚悟でいます。

社長さんにも「年寄り扱いするなら辞めます」と伝えているから、きちんと働けなくなったら退かなきゃいけない。

勤務を始めて2〜3時間なら、まだ元気があるけれど、4〜5時間すると、えらくなってきます。看護師は、半日は職場にいないと仕事になりません。半日勤務ができなくなったら、辞めるときだなと思います。

退職願いは、もう2〜3回書きました。そのたびに、社長さんや橋口さんには、「また池田さんが書いてきた」と笑われますが、私は、いつでもその覚悟はできています。

でも、管理者の岡野さんから、「人が足りないので入ってほしい」と言われると、「家にいるのもな」と思って職場に出ていくんです。

私も管理者をしていたから、シフト作りの大変さがわかります。人が足りないと、働いている人が忙しくなってイライラします。それは、働いている人にも入居者さんにもよくないから、人に余裕があるのは大事なことなのです。

バスに乗るのは15分弱ですが、1時間に1～2本。速く歩けないので、時間より早く職場を出て、バス停でゆっくり待つことにしています。

来月はそろそろ辞めようかと思っても、「来月は人が足りない」と言われてシフトに入り、その翌月も同じようなことになって、またシフトに入り……を繰り返していたら、9年経っていました。

でも、「今月もまた勤務せなあかんのかな」とぶつぶつ言いながら、喜んで職場に出かけている自分もいます。

やっぱり、仕事が生きがいなんでしょうね。

#「すごい」ことなんてひとつもない。ただ働いてきただけ

ありがたいことに２０１８年、75歳以上の医療関係者（当時）に贈られる「山上の光賞」をいただきました。

この賞は、過去の業績も考慮しますが、現役で活動を継続している人に贈られるそうです。看護師が長く働ける職業であることを示せたのは、うれしいことですね。

50代の頃、同居していた義母が脳梗塞で倒れました。仕事と介護との両立が難

しいかなと考えて、仕事は辞めようと思いました。でも、主人が会社を定年退職したときだったので、昼間は主人、夜は私と手分けをし、仕事は辞めずに2年間介護を続けました。

昼間は仕事、夜は介護と忙しかったので、「この生活が何年続くんだろう?」と思うときもありました。でも、仕事は辞めずに続けてよかったですね。

育児や介護の両立が難しいと、仕事を辞めてしまう人もいます。でも、私は、夜介護して、翌朝出勤すると、仕事で気分転換することができました。体はえらかったけど、家と職場で、気持ちが切り替えられたのはよかったです。

辞めずに勤めたことで、職場へ恩返しすることもできました。

「親の介護をするから仕事を辞めたい」とスタッフから相談されたとき、

「あんた、仕事があるんだから職場でがんばり。介護だけだと息が詰まってしまうけれど、職場で気分転換できるよ」

と、自分の体験を踏まえてアドバイスできました。

同じように、「子どもが小さくて、仕事との両立が大変」というスタッフにも、「今は、いろいろ制度が整った、いい時代だから、制度を利用して、辞めずに続けたほうがええよ」

と言います。子育ても介護も、仕事を辞めずに両立できたら、ご本人にとっても、職場にとっても、いいことなんじゃないかなと思います。

看護婦になろうと決めた10代の私は、「自分に向いているかどうかわからないけど、せっかく入ったところだから、がんばらないといけないな」と、ささやかに思いました。それが、80年前。ずっと仕事を続けてきました。

「そのお年まで働き続けるなんて、すごいですね」と言われます。すごいことなんて、ひとつもありません。ただ、目の前に仕事があるから、それをしてきただけ。仕事があるうちは働かねば、という使命感です。

2018年、山上の光賞の授賞式で。受賞者は7人。最高齢は長寿科学振興財団の理事長である祖父江逸郎さんの97歳でした。

写真提供：山上の光賞事務局

患者さんが元気になり、ご家族が喜んでくれるのが、何よりのやりがいです。看護師という仕事が、私は心底好きなんでしょうね。

看護師という専門資格職だったから、ずっと働いてこられた面もあります。高齢になっても、資格があったから雇ってもらうことができました。

資格はとても大切。たくさんあって邪魔になることはないですね。75歳のとき、当時できたばかりのケアマネジャーの資格を取りました。ケアマネ資格があれば、現場に出られなくても、事務方で働くことができます。

だから、周囲の看護師にはケアマネ資格の取得を勧めているんです。介護士さんたちには、昇給につながる介護福祉士資格を。

長い年月、それは苦労もたくさんありました。でも97歳になった今は、「苦労が私という人間を作り上げてくれたんだな」と思っています。

第2章

「目の前に仕事がある限り働く」生き方

【誕生〜10代】働く母に育てられ、「手に職」をめざして

父は私が生まれて半年くらいで亡くなりましたので、母は養蚕で生計を立てていました。小さい頃から家の仕事を、姉たちと手伝っており、働くことは生活の一部で自然なことでした。

高等小学校（現在の中学1・2年に相当）を卒業し、1年間は農協で働いていました。ところが、教師をしている叔父（父の弟）が、「月謝を出すから女学校に行ったらどうか」と言ってくれました。そうして、みんなよりも1年遅れて、女学校に進学しました。

小学校の先生たちと、就学前の私。姉たちが通学しており、小学校には度々行っていました。

最後列のセーラー服が女学校時代の私。前列で座っているのが母。私の隣が長姉。子ども達は長姉の子と親戚の子。

それまで、母は、「女学校には行けたらいいけど、月謝が払えない」と言っていました。私も「行きたい」と思っていたわけでもないですが、一番上の姉、3番目の姉も女学校に行っていたので、入学を決めました。

勉強は、どちらかと言うと、せんほうやったかしら。よく、姉たちに怒られながら教えてもらっていました。でも、文章を書くのが好きでした。今でも手紙を書くのが好きですね。


女学校を卒業する年は太平洋戦争が開戦する1941年でした。日本赤十字三重支部山田病院（現在の伊勢赤十字）の救護看護婦養成所の募集を受けて、合格。赤十字病院では、外科に配属されました。

伊勢湾で戦闘が行われていたので、重傷者がたくさん運び込まれていました。夜中ずっと手術をしているのですが、私たちも実習を兼ねて、よく駆り出されました。

年表

1924年	誕生	三重県一志郡大井村(現在の津市一志町)
1941年	17歳	地元の女学校を卒業。 赤十字の看護学校へ進む
1943年	19歳	湯河原の療養所に看護要員として召集
1946年	22歳	召集解除後、三重に戻る
1947年	23歳	結婚。仕事を辞める
1949年	25歳	長男出産後、保健婦として中部電力勤務
1955年	31歳	次男出産
1962年	38歳	精神科の県立T病院で副総婦長に
1979年	55歳	T病院の総婦長に
1980年	56歳	T病院を定年退職。 総婦長として別の精神科の病院へ
1983年	59歳	総婦長としてリハビリ中心のS病院へ
1992年	68歳	I病院の新しい老健の責任者に
1999年	75歳	ケアマネジャー資格取得
2000年	76歳	I病院内のグループホームの責任者に。 夫が亡くなる
2007年	83歳	I病院を退職。以降は老健でのパート等
2012年	88歳	いちしの里に
2021年	97歳	現在

切断された脚を運んだことがありますが、「人間の脚は重いんだな」と思ったことは、今でも忘れられません。

学生なので、手術の実習は毎日ではなかったのですが、寄宿舎から手術室の電気がずっと点いていることはわかりました。手術室の電気を見て、戦闘の激しさを思ったものでした。

赤十字の養成所は当初は3年でしたが、戦火が拡大するとともに救護看護婦が足りなくなって2年に短縮され、私は1943年3月に卒業しました。

そして、私のような新卒、2~3年目の先輩、その上の上級生、民間の病院で働いていた方など、看護婦が集められて県ごとに救護班を結成し、召集されました。私は三重班に所属していましたが、他に千葉班や和歌山班、奈良班などがありました。

召集されたのは、神奈川県湯河原の温泉旅館です。横須賀の海軍が傷病兵を病

湯河原の療養所に召集された頃。どこかに外出したときに撮影しました。

院で収容できなくなり、温泉旅館を接収して療養所にしていました。ここで、看護婦としての仕事をスタートすることになりました。

19歳で初めて家から遠く離れて、寄宿舎に入りました。

赤十字病院にいた頃も寄宿舎生活でしたが、同じ県内。三重から神奈川は距離があるので、最初はやはり寂しくて家に帰りたかったですね。

今の人は、若くても家族と離れて海外に行ったりするので、「偉いな」と思います。

【戦時中】負傷兵の療養所で看護の基本を叩き込まれる

療養所では朝、当番があるときは4時に病棟に行きます。当番がないときも5時には起きていました。メガネをかけた監督さんに怒られるので、時間通りに整列して点呼して、それぞれの病棟に向かいました。

でも、あの頃は、まさしく軍隊のように上下関係が厳しく、命令が絶対でしたので、嫌だと思ったことはありませんでした。逆に、規律のある生活が身についてよかったと思っています。

終戦を迎えるまで2年近く、傷病兵の看護や食事介助、ときには、銃で撃たれた人の腕から弾丸を取り除く手術の助手を務めました。

救護看護婦の中には、私たちよりも2歳若い人たちもいました。赤十字の受験資格が改定されて、高等小学校卒業者でも救護看護婦になれるようになったようです。

年下の人たちが厳しい環境でがんばっている姿を見ていたら、「私たち先輩が弱音を吐いたらいけない」と思いました。

そんなふうに、看護婦の仲間が励みになりました。そのとき、「えらいさかい、看護婦を辞めよう」となっていたら、尻の軽い人間になっていましたね。

私が配属されたところは重症の人がいなかったので、雰囲気は重苦しくはありませんでした。看護婦のみんなは若くて独身、人生の苦労はない。とりあえずのお金の心配もない。人間関係のトラブルもなく、仲良くしていました。

戦時中、湯河原の療養所勤務時代。右の1人の写真が私。こうしてアルバムに残してあります。写真屋さんに撮影してもらうのが数少ない娯楽でした。

救護班の仲間たちと集まっていた湯河原会で、年1回1泊旅行に。左から2番目が私。50代の頃。毎年楽しみでした。

覚えているのは、いつもお腹が空いていたこと。育ち盛りでしたから。でも、それは、みんな同じだから、口に出しては言えませんでした。

戦時中で娯楽もないので、お休みの日に近くに出かけるときに、写真屋さんをお願いしていました。

当時は、誰もカメラを持っていません。写真屋さんに写真を撮ってもらうことが、唯一の娯楽。なかには、給料の半分くらいを写真に使っていた人もいました。

今でも持っている当時の写真を見

返してみると、戦争中で厳しかったはずなのに、みんなの表情には屈託がないですね。

このとき一緒に働いていた人たちと、つい最近まで湯河原会という集まりをしていました。

全国から、看護婦以外にも、軍医さん、衛生兵の方、それから患者さん（軍人さん）など、多いときは50人ぐらい集まりました。私は、召集解除になってから一度も会うことのなかった方々でしたが、友人からその会の存在を教えてもらいました。

そして、子どもの手が離れた頃から参加するように。土日の1泊2日の旅行が多く、仕事を休まなくてもいいので、懐かしい方々と楽しい時間を過ごしました。良い思い出です。

【戦後〜30代半ば】大家族を養うため姑に子どもを任せて働く

終戦後、地元の赤十字病院に戻り、保健婦（当時。現在は保健師）の資格を取りました（編集部注：保健師免許は看護師免許を有するのが前提。看護師から保健師に転身する人も多い）。

1947年に23歳で、5歳年上の男性とお見合いで結婚し、病院を退職して家庭に入りました。当時は、結婚したら仕事は辞めるという風潮だったので、私も自然にそうなりました。

でも、長男を出産した後、保健婦として再び働き始めました。私たち家族、主人の両親、弟や妹の9人家族だったので、生活が大変でした。だから、仕事がしたいというよりも、生活のためですね。私が家で「主婦です」と座っていることはできませんでした。

そのときは、夜勤のある看護婦よりも、勤務時間が決まっている保健婦のほうが、「子どものためにもいいのかな」と思いました。それで、三重県の保健所に勤め、その後、中部電力に勤めました。その間に、次男が生まれましたが、子育ては義母に任せました。

学校の保護者会もいつも義母に行ってもらっていたので、子どもたちから「うちはおばあちゃんしか来ない」と言われたことも。そのときは「しょうがない、お母ちゃん、仕事やさかい」と言っていました。

主人の仕事の都合で、社宅に住んでいたことがありました。そのときは昭和20～30年代、まだ女性が働く時代ではなかったので、子どもがいて働いているのは

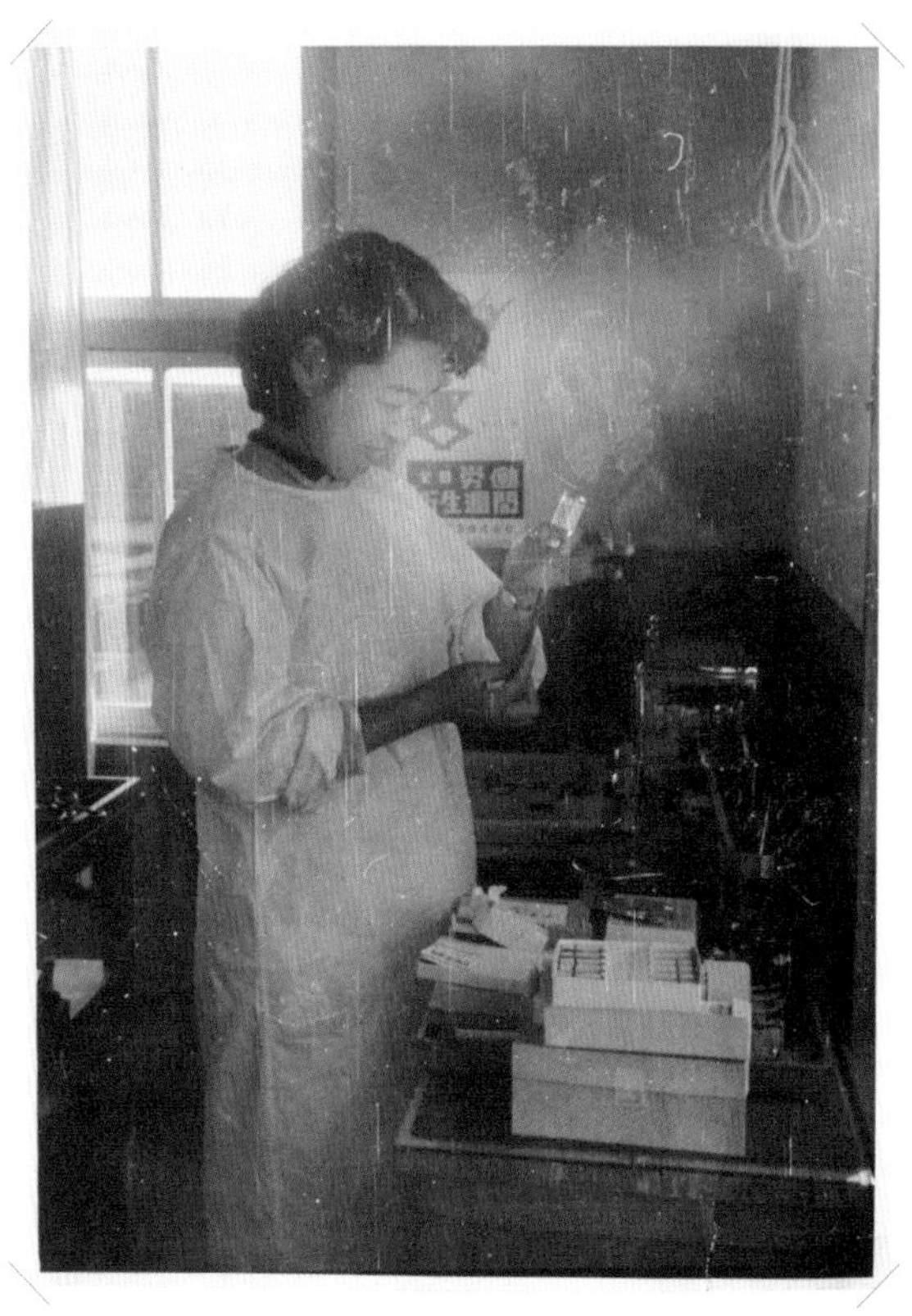

中部電力では敷地内の診療所に勤務していました。その日たまたま看護婦が休みで、私が代わりに注射を打ったときの写真かしら。

社宅の中では私ひとり。周囲から、いろいろな陰口を言われていたようです。

でも、私は朝4時に起きて、6時過ぎには出勤し、夕方帰ってきたら家のことをして、また翌朝早く出勤する生活。陰口を聞いている余裕はありません。それに、陰口が仕事を辞める理由にはならないので、気にしませんでした。

転職した中部電力は、時間に厳しい職場でした。

今は出勤したらタイムカードですが、当時は出勤簿に印鑑を押します。朝、人事課の人が出勤簿を広げて待っていて、出勤時間の8時半にサッと引き上げてしまいます。1分でも過ぎたら、遅刻扱い。

私も気を引き締めて、約10年の勤務で無遅刻無欠勤。それ以来、別の職場に行っても、時間より早めに出勤するようになりました。

その前の職場は、それほど時間に厳しくなかったので、職場によってやり方が変わるということがわかりました。また、転職によって、どんな職場にも良い点と悪い点があることにも気がつきました。だから、転職もいい経験ですね。

中部電力では10年ほど働きました。一般企業はまだ男性中心でしたので、年齢を重ねた女性が働き続けるのが難しい時代です。保健婦という専門職でも、女性の仕事は低く見られていました。

若い人が多い職場だったので、仕事を始めて少し経った頃から、「いつまでもいられる職場ではないな」と薄々感じていました。

そして、十分に働いた、転職するなら少しでも若いほうがいいなと思っていた頃に、知人が県立の精神科の病院の責任者の仕事を紹介してくれました。

看護婦に戻れるのもいいなと思って、引き受けることにしたのです。

【30代後半〜50代半ば】責任者として多忙を極めた働き盛りの頃

30代の半ばに副総婦長として転職したのは、県立の精神科のT病院です。精神科は今まで勤務したことがない分野です。さらに、総婦長さんはいらしたので補佐役でしたが、責任者でした。

どちらも初めての経験でしたが、子どもたちも大きくなって時間的な余裕も出てきたので、挑戦してみることにしました。

でも、最初は、患者さんにどう接したらいいのかわからなくて困りました。そのうえ、総婦長さんから、人事や教育など責任者の仕事を叩き込まれました。

いろいろなことがプレッシャーになったんでしょうね。半年くらいで胆嚢炎になってしまいました。勤務中に、ストレスによって呼吸ができなくなるという苦しい状態を経験。出口が見えずに、精神的に追い詰められるのはこういうことなのかと、患者さんの気持ちが身をもって理解できました。

何がきっかけになったのかはわかりませんが、日々の看護の繰り返しで、苦しい状況は少しずつ乗り越えられました。胆嚢炎は1年ほど内科の治療をしましたがよくならず、手術をしました。その後は、勤務にも慣れ、体も心も元気を取り戻しました。

ここでの主な仕事は、患者さんの看護というよりは、スタッフの人事や教育、病棟の問題解決、業務改革など。病棟が12棟ほどある大きな組織で、スタッフも100人以上いました。全体のまとめ役の総婦長さん、そして、副総婦長の私、各病棟にそれぞれ婦長さん、その下に主任さんがいました。

一番難しかったのは、スタッフの教育でした。

体の病気は悪いところがわかっているので治療が現実的ですが、心の病気はそうでないことが多い。患者さんの中には、10年、20年と長く入院している人がいたり、自分の思い通りにならなくて暴力をふるう人もいます。いろいろな状況の患者さんの心の内を理解しながら、看護をすることになります。

だから、「スタッフにどんな教育をすればいいのか?」と、いつも考えていました。総婦長さんと相談して教育計画を立てて、月1回行われていた責任者会議に提出していました。

他にも、組織が大きかったので、各病棟から様々な問題点が上がってきて、会議のテーマは次から次へと出てきました。内容によっては、すぐに解決できるもの、できないものがある。歴史ある病院でしたので古い慣習があり、新しい改革は必ずしも歓迎されないことがありました。

郵 便 は が き

（切手をお貼り下さい）

1 7 0-0 0 1 3

（受取人）

東京都豊島区東池袋 3-9-7
東池袋織本ビル 4 F
㈱すばる舎 行

この度は、本書をお買い上げいただきまして誠にありがとうございました。
お手数ですが、今後の出版の参考のために各項目にご記入のうえ、弊社までご返送ください。

お名前	男・女	才
ご住所		
ご職業	E-mail	

今後、新刊に関する情報、新企画へのアンケート、セミナー等のご案内を
郵送またはＥメールでお送りさせていただいてもよろしいでしょうか？

□**はい**　□**いいえ**

ご返送いただいた方の中から抽選で毎月３名様に
3,000円分の図書カードをプレゼントさせていただきます。

当選の発表はプレゼントの発送をもって代えさせていただきます。
※ご記入いただいた個人情報はプレゼントの発送以外に利用することはありません。
※本書へのご意見・ご感想に関しては、匿名にて広告等の文面に掲載させていただくことがございます。

◎タイトル：

◎書店名(ネット書店名)：

◎本書へのご意見・ご感想をお聞かせください。

ご協力ありがとうございました。

私は毎回、責任者会議の議事録を作って内容を整理し、会議に参加していないスタッフにも周知できるようにしました。

会議で決まったことを各病棟の婦長さんからスタッフに伝えてもらうと、どうしてもその人の私見が入るのが気になっていたからです。

正しく伝えるために、議事録で共有したほうがいいなと思いました。

子どもの頃から書くことは好きだったので、議事録を作ることは苦ではありません。スタッフに正しい情報を周知することも、副総婦長としての大事な仕事でした。

責任者になって偉くなりたいと思ったことはありません。管理の仕事は、看護の仕事とは違い、大変なことが多かったです。でも、縁があって抜擢されましたので、途中で放ることはできません。

ない頭を絞って仕事をして、どうにか定年まで勤めることができました。

T病院で看護助手さんと。字がきれいで仕事もきっちりする人だったので、ずいぶん助けてもらいました。

管理の仕事以外にも、勤務して4～5年経った頃、総婦長さんから看護学校の講師をするように言われました。

講義は週1回でしたが、人に教えるには自分も勉強せんとあかん。昼間は通常の勤務があるので、勉強は夜、自宅に帰ってきて家事が終わってからです。

最初の頃に比べて、心の病について理解は深まってはいましたが、人に教えることは大変でした。

私は、人前でしゃべったことがな

50代の頃。精神科のT病院に20年ほど勤め、最後の1年は総婦長となりました。

T病院で私の上司だった、総婦長さん。おしゃれで、きれいな方でした。

いので、詰まってしまうと次の言葉が出てきません。そこで毎回、ノート10～15ページほど、しゃべることを原稿に書きました。

講義は毎週だから、講義が終わってやれやれと思うのはほんの一瞬で、すぐに翌週の準備をしないといけない。3年ほどでしたが、ほとんど毎日、夜中の12時、1時までかけて講義のために勉強をしていました。

子どもたちは成長したとはいえ、まだ学生でした。家では、食事の支度や家事も待っています。総婦長さんは独身でしたので、「家庭を持って仕事をするのは大変やな」と思っていました。仕事も家庭もどちらも忙しい時期でした。

【50代半ば〜60代】定年後も再就職、フルに働き続ける

56歳のとき、20年近く勤めたT病院を定年退職しました。1980年当時、定年の年齢はそのくらいが普通でした。最後の1年は、総婦長さんが先に定年退職をされたので、私が総婦長をやりました。

そして、次の職場を紹介してもらい、また精神科の病院で総婦長として勤務しましたが、通勤時間が長かったこともあって、3年ほどで退職しました。そろそろ次の職場に行きたいなと思っていたら、別の病院から「総婦長として来ませんか」と誘われて、今度はそちらで働くことにしました。

次の職場に行きたいなと思っていると、タイミングよく新しい仕事の声をかけてもらえることが多かったですね。

定年で仕事を辞めてしまう人もいますが、私はまだ元気で、働きたい気持ちは十分にありました。40代、50代は胆嚢炎や子宮筋腫の手術をしたり、体調が悪いこともありましたが、60代で病抜けしたのか、その後は元気になり体もよく動きました。

59歳のときに総婦長になったのは、精神科ではなく、リハビリを中心にしたS病院でした。介護老人保健施設（老健）が今ほど発達していなかったので、高齢者の社会的入院（治療の必要のない患者さんが長期入院すること。自宅看護が難しい高齢者が入院を続けることもあった）も多かったですね。

私はどちらかというと現場主義でした。総婦長として机の上での仕事がないときは、病棟に行って患者さんやその家族の話を聞いたり、忙しいスタッフの仕事を手伝ったりしたいなと思っていました。

時々病棟に行って、患者さんの爪を切りながら話を聞いたことも。長いこと社会的入院をされている患者さんの中には、爪が長いままの人もいたんです。現場の看護師は日々忙しいので、そこまで手が回っていなかった。私にとっては、現場のフォローもしながら、患者さんの声を聞ける貴重な機会でした。

入院患者さんの中に、同じ部屋にベッドを2つ並べているご夫婦がいました。私がたまたま病棟を回っているときに、奥様から「主人のオムツは私が替えています」という話を聞かされました。

まだまだ完全看護が行き届かなかった時代。ご主人に比べて、奥様は病気の進行がゆるやかだったとは思いますが、やはり入院しているのだから1人の患者さんです。奥様に、ご主人の看護をさせるのはいけないなと思い、看護の問題点として拾い出すことができました。

そんな私の仕事を見て、スタッフの中には「総婦長さんは、病棟には行かずに部屋にいてください」と言う人もいました。

でも私は、「スタッフの感覚と少しずれているかもしれないけれど、それでいいわ」と思って、現場主義を通しました。机に座っているだけでは、病棟や看護の問題点を引き出すことはできなかったからです。

でも、一方で、「そう考えているスタッフもいるんだな」と、自分とは違う考え方があることは心に留めていました。


いくつかの病院を経験して、組織は大きくても、小さくても、いろいろな問題があることもわかりました。前の職場と比較して、その組織の良さや悪さもわかりました。今までの経験を生かして、問題に対応できるようになりましたね。

【70〜80代】「老後」とされる年代に介護施設の立ち上げに参画

70歳になる前、10年近く勤めたS病院の総婦長を退職しました。その後、I病院に併設された新しい老健で、責任者として働き始めました。ここでの仕事で、初めて高齢者福祉に関わることになりました。

I病院は当時、病院グループ内で老健や特別養護老人ホーム（特養）、グループホームなど、介護施設を次々と立ち上げている時期でした。その立ち上げのお手伝いに参加した形です。

80代前半までの10数年、グループ内のいろいろな施設で働きました。

I病院のグループホームで責任者をしていた頃。80歳くらいかしら。原付バイクで通っていました。

私は、認知症の人のお世話をするのも初めて。新しい施設だったので、スタッフもまだ慣れていません。

認知症は内臓の病気などとは違い、体は元気なので、あっちこっちと動きます。人の物を持ってきてしまったり、逆に自分の物を置いてきたりなど、認知症特有の行動にスタッフみんなで目を白黒させて、対応していました。

でも、おかげで認知症がどういうものかがわかりました。仕事をしながら、勉強をさせてもらいました。

I病院グループにいた75歳のとき、ケアマネジャー（介護支援専門員）の資格を取得しました。三重県では最高齢だそうです。

ケアマネジャーは２０００年の介護保険制度の導入にあたってできた資格です（試験は１９９８年から）。介護が必要な方のケアプランを作成し、介護サービス全体を統括する専門職です。周囲で取ると言う人も多く、自分も介護施設に勤めているので、取っておこうと思いました。

70歳を過ぎて覚えも悪くなりましたが、最後の資格試験として挑戦してみることに。それに、たとえ試験に落ちても、介護のことを勉強できるなら、悪くないなと思いました。

でも、一番最初に受けたときは、少し軽く考えていました。保健医療に関わる知識も出題されるのですが、そちらは看護師として専門ですから、わかっているつもりでいました。そうしたら、不合格に。これはいけないと、翌年の2回目は半年間勉強しました。

仕事を休んで勉強しようと思ったけれど、「合格して当たり前」と言われるのは悔しいから、昼間は仕事をして、勉強は家に帰ってきてから。子どもたちは独立していて主人と2人暮らしでしたので、夕食の支度や片づけをした後、朝まで勉強していました。

そのときはまだ、フルタイムで働いていて、仕事は絶対に休まないと決めていました。

家に合格通知が届いたとき、主人が職場にわざわざ電話をしてくれました。私が夜中まで勉強していたから、気にしてくれていたよう。日頃は、とくに声をかけてくれることもなかったのですが、合格を一緒に喜んでくれたのはうれしかったですね。

その主人は、私がケアマネジャー資格を取得した翌年、亡くなりました。

この職場でケアマネジャーの仕事をしたのは、ほんの少しだけでした。でも、資格は持っていても邪魔になりません。長く働いていると、いつか役に立つことがあります。

いちしの里に入ってから、数ヵ月ケアマネジャーの仕事をしました。ケアマネジャーの経験がある橋口さんに教えてもらいながらしたことは、いい経験になりました。

3日家にいると仕事に行きたくなる。外で働く癖がついている

80歳を過ぎた頃、I病院グループ内で責任者をしていたのは、グループホームでした。

グループホームは、認知症の高齢者が少人数で共同生活する介護施設です。入居者は6人の小さな施設でしたが、職員6人でシフトを回し、食事作りや入浴介助などを行います。責任者の仕事もしながら自分もシフトに入るのは、体力的にも大変になってきました。

勤務のシフトを作るのは責任者の仕事なのですが、やりくりが難しく、スタッ

フの希望を優先にすると、自分が犠牲になることもありました。当直をし、昼間の勤務をし、10日間くらいぶっ通しで働くなんてこともよくありました。

きちんと仕事をしたい気持ちはありましたが、だんだん年齢がついていかなくなりました。後任が見つかったことを機会に、83歳で退職しました。

しばらくはうちにいましたけど、主人はおらんし、ひとりでうちにいても仕方がない。小さい老健から仕事を頼まれたりして、パートでちょこちょこと働いていました。

仕事をしないで家にいると、自分ひとりが取り残されているような感じがしました。3日家にいると、働きたいと思ってしまう。外で働く癖がついているんでしょうね。

そして、88歳から、いちしの里でお世話になっています。気づいたら9年、97歳の今まで働き続けていました。

「老後」「引退」という発想がないんですね。でも、近頃は、体が言うことを聞かんし、そろそろ老後を考えなあかんかも、なんて思っています。

年金もいただいているので、贅沢しなければ、働かなくても暮らしていけます。でも、労働してお給料をもらえるのは、純粋にうれしい。いちしの里からいただいたお給料で、孫の学費を出したりもできました。

それに、仕事は疲れますけど、うちに帰ったときの充実感は、何物にも代えがたい。「健康で動けた」という充実感。これは、ずっと働いているからこそ、味わえるものですね。

第3章

自分でできることは自分でする暮らし

ひとり暮らし、家事はどうにか自分でやっています

56年前、41歳の頃に建てた平家で、今はひとり暮らしです。子どもたちはとうに独立し、主人は20年ほど前に亡くなりました。

元々2番目の姉が家族と住んでいた家の近くに、私たち家族が土地を購入して家を建てました。

働きながら子育てや家事をしていた私を、姉はいろいろ助けてくれました。そんな姉は認知症になり、約10年前に亡くなりましたが、2年ほど姪たちと一緒に介護をしました。

今は、近所に住む姪、甥、姪の娘にいろいろと助けてもらっています。

ごはんは、毎日自分で作っていますが、掃除や洗濯は途中でやめて、「明日にしよう」となることがあります。でも、時間はかかっても、できることは自分でやろうと思います。

掃除は苦手なこともあって、月1回ぐらいしか掃除機はかけません。時々、掃除が得意な友人に、お金を払ってやってもらうこともあります。

町内会のゴミ当番はやっています。業者さんが回収してくれた後、ゴミ集積所のお掃除です。「80歳を過ぎたらやりません」と言う人もいますけど、私は仕事もしているので、できないとは言えません。なるべく自分でできるうちは、当番も続けます。

それから、町内会の組長の当番もやるつもりです。

隣近所は5軒になってしまったので、5年に1回は回ってきます。主な仕事は、年1回、町内会会費を1年分集めること。月2回、市の広報をそれぞれの家のポストに入れることです。

次回の当番は3年後で、100歳。今のところ、断る理由がないので、やるつもりです。

私は、「元気なうちは介護保険を使わないようにしよう」と思っています。自分のことは、どうにかできているので、要支援にもなりません。

それから、後期高齢者の医療費が1割から2割の負担に変更される予定ですが、私は、それでいいと思っています。「医療費が安いから、年寄りの患者がようけ増えた」と言われるのは肩身が狭いからです。高齢者も若い人と同じように、負担をしたほうがいいのではないでしょうか。

ごはん作り、掃除や庭の手入れなどの環境整備が自分でできないようになったら、施設に入ろうと思っています。介護の経験がない息子たちには無理なので、今からそう決めています。

姪2人が入っている施設があるので、私もそこにお世話になりたい。近くにいる姪や甥の家族も来やすいので、いいのかなと考えています。

「今日すること」をメモにして。1つ2つでもこなせると嬉しい

90歳を過ぎた頃から、家の仕事をするとすぐ疲れが出るようになりました。体が疲れると、やる気はあっても気力が湧いてこないのです。

たとえば朝、ゴミを捨てに行こうと思っても、量が少なかったら「今日はやめておこう。次にしよう」とサボってしまいます。こんなふうに、歳をとると、今まで普通にしていたことが、1つ、2つと抜けていきます。若い頃はできたことが、だんだんできなくなるのは、寂しいなと思います。

80代は、まだ動けたので、「今日は○○しよう」と目標を立てたら、それが全

部こなせていました。でも今は、5つくらい目標を立てても、2つくらいしかできないことが多くなりました。

できなくなることが増えてきたからこそ、「目標はしっかり立てなあかんな」と思います。

するべきことをメモに書き出しておくんです。「6／25　部屋の掃除　南の庭草引き（植木の下も）」というように、日付と目標を書きます。そして、実際にできたことだけ、手帳代わりにしているカレンダーに書き写します。

ここには、暑くて疲れたとか、目がうっとうしいなど、ちょっとした体調の変化も一緒に書いておくと、あとで見たときに参考になります。

目標通りにいかない日もあるけれど、無理せずにぼつぼつと。1つでも2つでも、できたことを書いておくと、「これはできた」という達成感があってうれしくなります。出勤の前日は、用事を入れすぎて疲れないように、メリハリをつけ

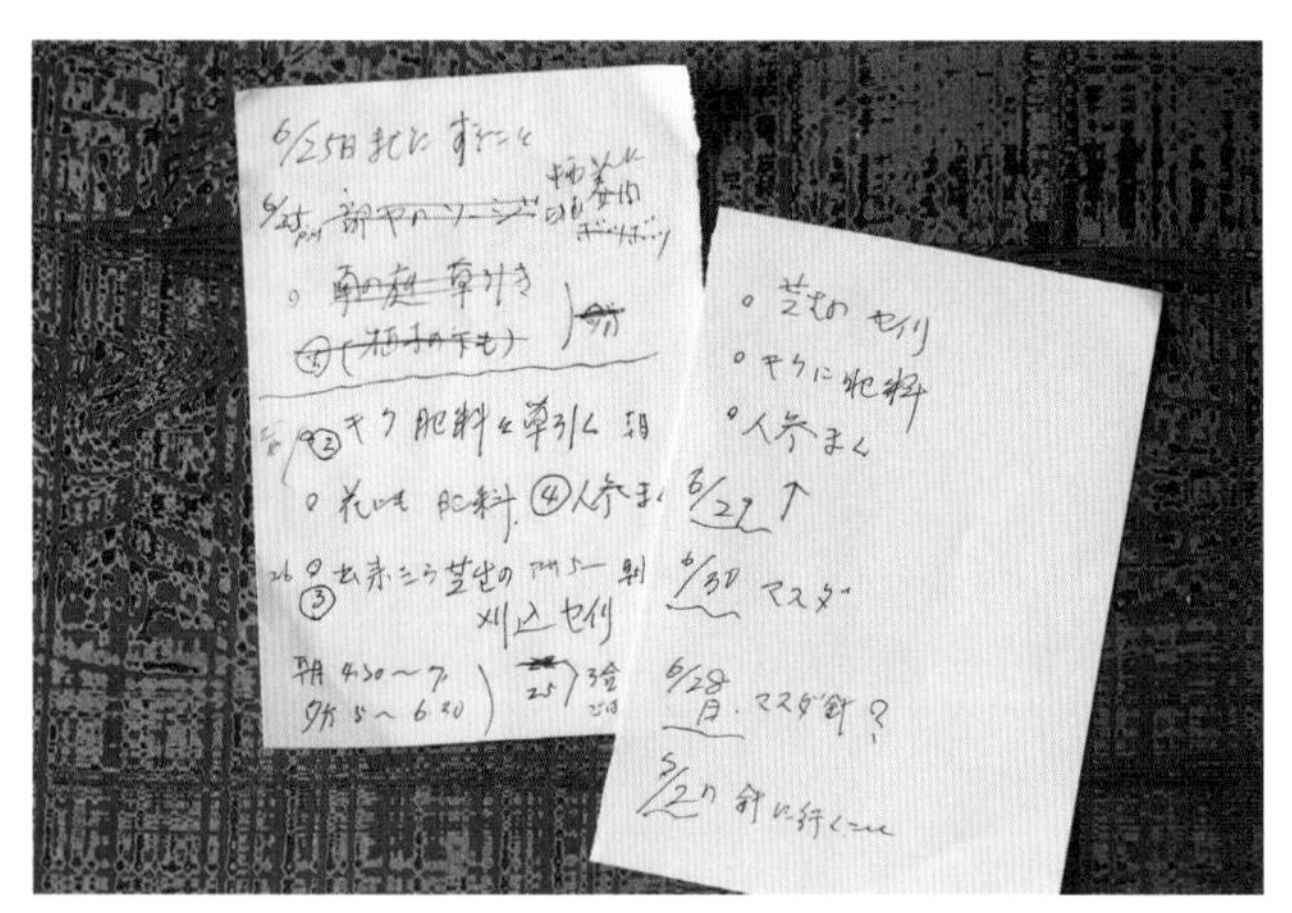

するべきことを紙にメモして。終わったら線を引いていきます。

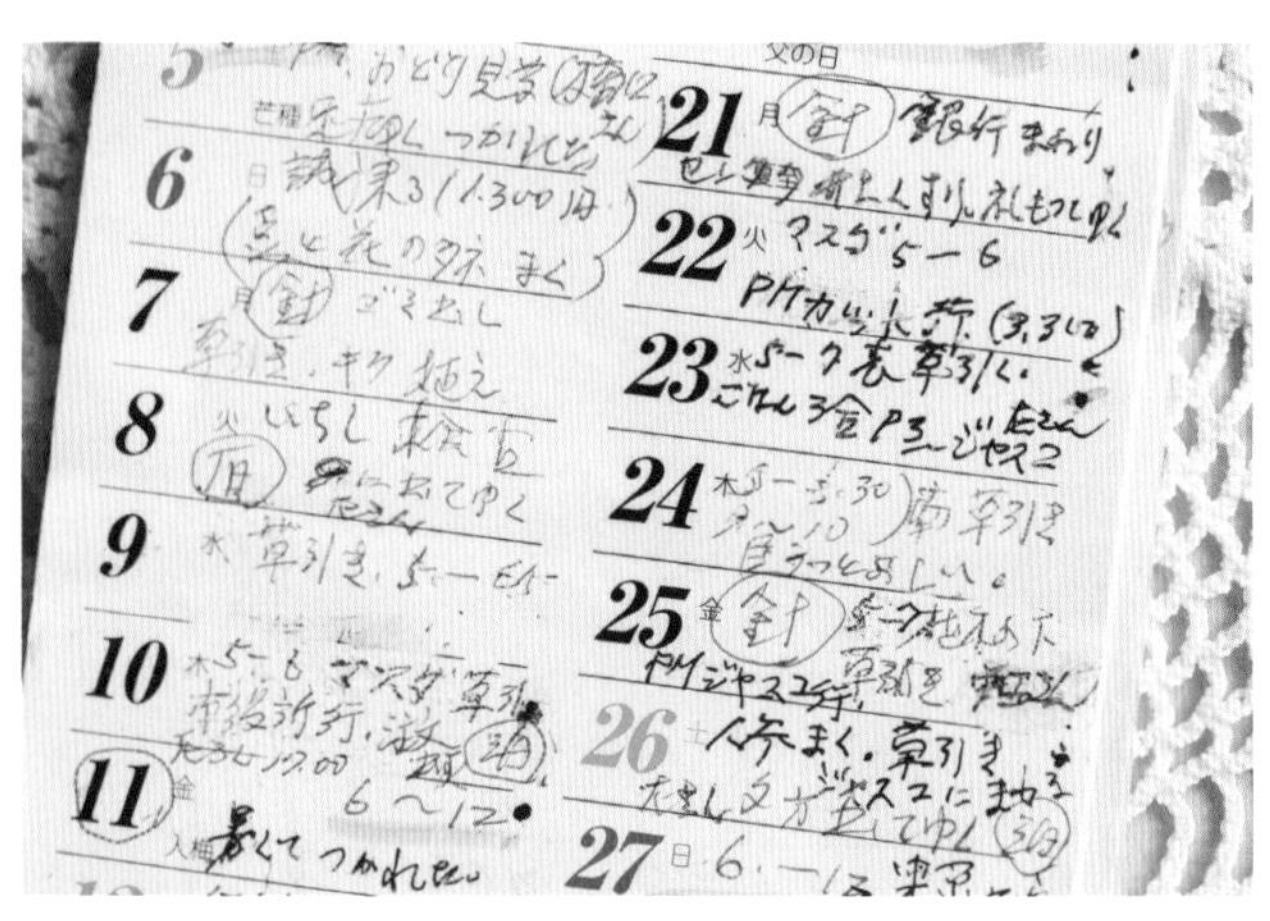

日記代わりのカレンダー。その日にした家事や用事を書き込んで。「つかれた」など
ちょっとした感想も。

幅広い世代から たくさんの感想が 寄せられています！

話すことにおいて、もっとも大切なことを忘れていました。

人との**コミュニケーションのとり方のポイント**がわかりやすく書かれていたので、さっそく明日から使いたいと思います！

（20代・サービス業）


小学生の娘がこの本を読み、話の聞き方や言いまわしに**変化がありました。**

親子の関係が**前より良好**になった気がします。

（30代・主婦）


生きていく上で、人との会話は欠かせないものです。

まずは**話しやすい雰囲気づくり**を心がけ、**聞く姿勢**を持って会話をしていこうと思った１冊です。

（40代・会社員）


この本に出会え、自分の“**話し方**”というものを改めて考えることができました。こんなご時世だからこそ、コミュニケーションはとても大切。

オンラインでも役立てられ、楽に生きていくための指南書となりそうです。

（50代・教師）


話し方はとても難しい。目から鱗とよくいいますが、長い間のかすみが引いて**視界が広がりました**。何度も読み返し、実践したいと思います。

（70代・自営業）

永松 茂久（ながまつ・しげひさ）

株式会社人財育成 JAPAN 代表取締役。永松塾主宰。知覧「ホタル館富屋食堂」特任館長。大分県中津市生まれ。「一流の人材を集めるのではなく、今いる人間を一流にする」というコンセプトのユニークな人材育成法には定評があり、全国で数多くの講演、セミナーを実施。「人のあり方」を伝えるニューリーダーとして、多くの若者から圧倒的な支持を得ており、講演の累積動員数は延べ 45 万人にのぼる。経営、講演だけではなく、執筆、人材育成、出版スタジオ主宰、イベント主催、映像編集、経営コンサルティング、ブランディングプロデュース、自身のセオリーを伝える『永松塾』の主宰など、数々の事業を展開する実業家。

て。

手帳代わりのカレンダーには、家庭菜園に野菜の種まきをしたことなども書いておきます。翌年見たときに、「この時期にした」とわかるので、忘れずに種まきができるんです。

なかなか思い通りに進まないことは、自分なりの工夫もしています。

以前は「日曜日に草引き（＝草取り）をする」と目標を立てたら、1日で終わらせることができました。でも、今は立ったり座ったりすると膝が痛くなるから、「無理せんでおこう」と思います。

そこで、今日は南の方、明日は西の方、次は玄関の辺りというように、庭を4～5ヵ所に区切って、少しずつすることに。時間も1日30分から1時間と決めています。時間はかかるけれど、これなら自分でできます。

野菜と花の世話が日々の楽しみに。草引きはほぼ毎日しています

庭の半分くらいのスペースは、家庭菜園にしています。家の中の掃除はあまりしないけれど、庭の草引きはよくやります。子どもの頃に畑仕事をしていたし、庭の仕事が好きなんでしょうね。

野菜は少しずつですが、季節に合わせて、じゃがいも、小松菜、玉ねぎ、トマト、ピーマン、なす、にんじん、スナップエンドウなど何種類かを育てています。にんじんは葉つきを植えていますが、葉はかき揚げにすると、とてもおいしい。スーパーではにんじんの葉はあまり見かけないから、家庭菜園の楽しみです

庭に咲いたダリア。2年前に植え、今年もきれいな花を咲かせてくれました。仏さんにお供えしました。

ね。自分だけでは食べきれないので、姪や甥や職場の人たちにお裾分けします。みなさんに喜んでもらえると、私もうれしいです。

お花も少しずつ植えています。1年中、何かしらの花が咲いていると、よろしいですね。

球根で植えたダリアが夏に大きな花を咲かせたので、仏さんにお供えしました。

他にも、ゼラニウム、ルピナス、ユリ、菖蒲、百日草、菊などが咲き

庭の一部を畑に。ミニにんじんはやわらかくて食べやすいです。野菜の世話をするのは楽しいですね。

ました。花の名前も忘れないようになりました。

時々、隣に住んでいる姪の娘と一緒に花屋さんに行って、野菜や花の種や苗を買ってきます。次は何を植えようかなと考えるのも楽しいですね。


庭の手入れはお金を出して人にお願いもできますが、草引きなどできることは自分でやります。体を動かすので、健康にもいいのかなと思います。

朝、5時に起きて、ほぼ毎日30分~1時間くらい草引きをしています。草が伸びないうちに小まめにするのが、力もいらなくて簡単だなということがわかりました。体を動かした後、朝ごはんを食べるとおいしくいただけますね。

ただ、無理しないように、力仕事はシルバー人材センターに頼むことにしました。庭全体の手入れは、年1回植木屋さんにお願いしています。

今の世相を知るために、新聞を読んでいます

今まで新聞は取っていませんでした。忙しくて、ゆっくり読む時間がありませんでした。でも最近、時間に余裕ができたので、新聞を読んでみようと考えて取り始めました。

知っている人がたまたま集金の仕事をしていたので、まずは地元の中日新聞を半年だけ契約しました。三重版が載っていて、地域の情報が手に入るのもよくて。

仕事のある日は読みませんけど、仕事のない日は半日くらいかけて隅から隅まで読みますの。目が悪くて細かい文字を読むのは大変なので、ルーペを使います。

新聞の小さい文字を読むために使っているルーペ。新聞はじっくり時間をかけて隅々まで目を通します。

必ず読むのは、読者からの投稿のページ。なかでも、小学生、中学生、高校生の若い人からの投稿は、毎回楽しみにしています。

この頃は、若い人でもしっかりした意見を持っていますね。こういう人たちが大人になって、日本を盛り上げてくれたらいいなと思います。新聞を読んで明るい気持ちになるのは、このコーナーくらいです。

あとは、寂しいニュースが多いですね。今の世相を理解して、それに合わせるように、私も考え方を変えないといけないと思っています。

それほど長く生きられない私が心配しても、何の役にも立ちませんけど、「これからの人は生きていくのが大変やな、日本はどうなっていくんかな」と、世の行く末を案じることもあります。

最近、政府が悪い、国が悪いと考えている人が多く、「自分のことは自分でする」という思いが減ってきているように感じます。

私も年齢とともに人に頼りたい気持ちが強くなってきましたが、なるべくできることは自分でしたい。今はまだ介護保険は使っていませんが、できるだけ申請は遅くしようと思っています。それが、社会にできる、私の奉仕だと考えているからです。

苦手だった料理も楽しむゆとりが。時々新しいレシピに挑戦

忙しく働いていたので、ずっと、ろくな料理を作ってきませんでした。

子育てをしているときはお弁当も作っていましたが、「何を作っていたんだろう」と記憶にないのです。これでは、主婦落第やね。テレビの料理番組や雑誌の料理ページを見て、ていねいにおかずを作るような余裕はありませんでした。

この年になって、新聞と同様、やっと料理を楽しむような気分的なゆとりが出てきました。最近は、テレビで料理番組を見ることも多くなり、「私でも作れそう」と思うものは、レシピをメモします。

いつもは醤油、酒、みりんなど基本調味料を使った定番のおかずが多いですが、時々、テレビで見た料理に挑戦してみます。形がきれいにできなくて、だめですけど、新しいものを作るのは「楽しみやな」と思います。

夕方のNHKの番組「ニュース シブ5時」をよく見ていますが、最後に料理のコーナーがあるので、簡単なものは参考にしています。新聞の日曜版にも料理のページがあるので、参考にしています。

この間、春巻きを作ってみました。材料を買いに行ったら、筍がなかったのでキャベツで代用。他の具材も入れて作ってみましたが、どうしても形よくスマートにできませんでした。

91歳まで原付バイクに。今はできるだけ歩いています

ずっと原付バイクに乗っていました。

この辺りは移動をするには車が便利なのですが、仕事が忙しくて自動車教習所に通えませんでした。だから、試験だけで免許が取れる、原付バイクを利用していました。

どこに行くのもバイクで走り回り、50年ほどは乗りました。周囲が「危ない」と心配するので、なるべく裏道を通っていたせいか、事故は一度もなかったです。

いちしの里に勤め始めた頃は、まだ乗っていました。でも、だんだん膝が痛く

なってきたし、子どもたちからも「事故が心配だから、そろそろ乗らないほうがいいよ」と言われて、91歳のときにやめました。

バイクを乗るのをやめたら、膝の痛みも治りました。重いバイクを押して歩くのが、膝に負担をかけていたみたいです。

それからは、なるべく歩くようにしています。いちしの里にもバスに乗って通うようになりました。

バス停から職場まで、私の足で10〜15分はかかるので、いい運動になっています。家からバス停までも同じくらいの距離なので、合わせて2000歩くらい歩きます。

少し前まで万歩計をつけていました。仕事の日は5000〜6000歩は歩いていましたが、今は半分くらいに歩数が減りました。無理をすると膝から下が痛むことがあるので、湿布で武装します。足に湿布を3つも4つも貼っています。

いちしの里からバス停までは、田んぼの中を通ります。夏には青々とした稲を眺めながら。

だから、最近は歩くことを省力化しています。動き出す前に仕事の段取りを考えて、同じ場所の仕事はまとめるように。仕事は減らせないので、歩くのを少しでも減らしてラクしようと工夫しています。

勤務でないときは杖をついていますが、勤務のときは「杖をつくのもおかしいから、がんばらな」と思っているせいか、杖なしでもサッサと歩けます。

食事を運ぶワゴンがあいていたら

借りて、押しながら歩いています。これがあると、職場内の移動がラクなんです。歩くときに気をつけているのは、こけないようにすること。年寄りは、こけると骨折し、それによって寝たきりや認知症になったりしますので。何でもない場所でふらついたりするので、こけないことは一番大事な目標にしています。

雨の日は傘を杖代わりにしていますの。ちょうど杖と同じ高さになる傘を見つけて買いました。

2年ほど前、敬老の日に、姪が自転車を買ってくれ、つい最近、自転車保険にも入りました。銀行や郵便局に行くときに、自転車で行くこともあります。みんなから「気をつけて」と言われるので、なるべく車や人がいないところを。乗らなくても、自転車を押しながら歩くのもラクなので、重宝しています。ゴミ置き場まで、ゴミを持っていくときにも、とても便利ですね。

特別な健康法はなし。「しっかり食べる」ことはずっと大切に

「健康のために何かしていますか？」と聞かれることがありますが、特別な健康法はありません。

ずっと働いているので、いい緊張感を持って生活できているからでしょうか。

丈夫に産んでくれた母には、感謝しています。

職場で体を動かすのも、自然と運動になっているのかなと思います。

今の職場では、病気で仕事を休んだことはありません。風邪は引くけれど、なぜか休みの日。休みが続いたときに風邪を引くので、薬を飲んで家にこもっているとそれで治ってしまいます。

寝室。布団ではなくベッドがラクです。

体型は身長162cm・体重62kgと、ずっと変わりませんでしたが、最近は身長が10cm以上縮み、体重は10kg減りました。

戦争中は食糧難でしたし、お百姓さんの経験もありますので、何でも食べます。看護師は夜勤もあり、体力が必要です。食べれば体力がつくので、「しっかり食べることが大切だ」とずっと思ってきました。

とはいえ、1日だいたい3食ですけど、時間はバラバラです。

職場に持っていくお弁当。これくらいの量で十分です。働いた後はお腹が空いて、ごはんをおいしく食べられます。

普段は朝5時に起きて、草引き後に朝食を食べます。

ただ、あまりお腹が空いていないときは、別の用事をしていて朝食が遅くなることもあります。

昼食はお腹が空いたら食べますが、食べないこともあります。朝食が遅い日は、昼になってもそれほどお腹が空かないのです。

その後、やはり自分のお腹の声を聞いて、夕食は4時に食べたり、6時に食べたりといろいろです。

夕食をたくさん食べてしまうと、

入眠するのが遅いように感じるので、腹8分目を心がけています。

職場にはお弁当を持っていきます。仕事で体を動かし、頭を使っているためか、お腹が空いて食事がとてもおいしく感じます。

職場のみなさんとおしゃべりをしながら食べ、食後におやつも食べています。

好きなものを作っています。何と言っても、ご飯、米が一番よろしいですね。味付きご飯（＝混ぜご飯）やお寿司が好物です。

おかずは、ご飯に合うものが好きです。だから、私が作るものは味が濃いと自覚しています。

時々、姪の娘が、「おばさん、おかずできたで」と持ってきてくれます。

若い人が作る料理は、健康志向なのか味が薄めです。私にとっては、「味がついとるかな」と思うものも。でも、「お薬や」と思って食べています。お醤油を少し足してしまうこともあるけれど（笑）。

姪の娘たちはそれを食べているんだから、私も「食べなあかん」と思って食べています。

人が作ってくれる料理は大事ですね。感謝して食べますの。


塩分が気になるのは、血圧が高いこともあります。

季節の変わり目はとくに気になり、上が190のときがあります。職場で測ると、120~130くらいですが、家で測ると高いことも。職場で動いているほうが、血圧が低いのかなと思います。

病気には素直にならないといけないなと思って、月1回病院に行って血圧の薬を処方してもらっています。通院は先生と話せる良い機会だととらえて、必ず行くようにしています。


以前に職場で数回、フラッとしたことがありました。薬が効いて、血圧が下が

なぜかいつも足がぽっぽと火照るのです。冬でも靴下を履いていられません。足は大きくて、24.5㎝あります。

りすぎたようです（ショック症状）。

橋口さんからも「池田さん、がんばりすぎよ。私たちは、少し高いぐらいがいいのよ」と言われました。

薬を変えてもらったら、フラッとすることはなくなりました。

第4章

80年の仕事人生で培った人間関係の勘どころ

若い人たちには自分の経験を押しつけず、行動で見本を

今の職場の若い人たちとは、それほど積極的には話しませんが、接しているだけで励まされますね。若い人は仕事の手際がいいし、歩くのも速い。私も負けないようにがんばろうと思わせてくれます。

私が若い頃は、働く女性がまだまだ少なかった時代。働きにくいこともたくさんありましたが、今は時代が変わりました。

平和な時代に育った今の人たちは感性が豊かで、大らかですね。物事の理解の仕方が柔軟だし、人とは争わない。医療現場では、「あの人はできない」とか

「あの人は気が利かない」など噂話も多くなりがちですが、今の職場ではそのようなことはありません。

私が仕事を始めたのは、太平洋戦争が激しくなる頃。戦中戦後を必死で過ごしたので、「ガサガサしていたな」と思います。まだ若かったし、仕事も難しかったから、感情的になることもありました。だから「平和な時代はいいな」という思いで、いつも社会を眺めています。

職場の若い人に、「池田さんのように、私も長く働けたらいいわ」と言われることがあります。そんな話が発端になって、仕事のこと、プライベートなことに話題が広がります。

もし、何か相談されたら、今までたどってきた経験を踏まえた話をさせてもらいます。こちらからは、自分の経験を押しつけるような話はしません。最後に、相手から「私もがんばらなあかんわ」と言ってもらえるとうれしいですね。そう

職場のみなさんと昼食。若い方たちと話をしたり、楽しい時間です。左側手前が橋口さん。

いう人たちの見本になっているのなら、「ダラダラと仕事はできんな」と思います。

一方で、私が若い人に助けてもらうことがあります。入居者さんを動かすとき、私ではちょっと力が足りないと思うと、力のある若い人にお願いをします。入居者さんを痛めたりすることになっては大変だから、無理はしません。

そんなときに、すぐ飛んできて手伝ってくれる人たちがいるのは、本当にありがたい。その人たちが気持ちよく協力してくれるように、私の日頃の態度が大切だなと思っています。

若い人たちのお手本になるように、勤務態度はシャキッと。休憩時間には私の体験が役に立つことがあったら、お話しさせていただいています。

小さいことですが、訪問看護に行く入居者さんの部屋で、アルコール綿などの材料が足りないことがあります。みんなが気持ちよく働けるようにと、いちいち人には言わずに黙って補充しておきます。

前日の夜から出勤しているので、手が空いた時間や、自分の仕事が終わった隙間時間などは、こういった材料作りをしています。

今は、私も責任者ではなく一看護師なので、でしゃばらないようにして。それとなしにしておいたら、私が辞めたときに気がついて、若い人が後に続いてくれたらいいなと思います。

年下でも、上司は上司。立場をわきまえた態度は崩さない

19歳のとき、看護婦として召集されて働いていました。上司の命令は絶対、軍隊のような生活で大変でした。でも、若い頃に経験した、上下関係がはっきりした規律がある生活のおかげで、いい習慣が身についたと思っています。

戦争が終わって、保健婦、看護婦として働いていたときも、「三尺下がって師の影を踏まず」というような時代でした。婦長さんにものを言うときは、直接ではなく、その下の主任さんを通さないといけなかったのです。

今では考えられませんが、それが普通でした。

責任者として働いていたときも、院長、理事長など目上の人に対しては、ていねいな言葉使いや態度を心がけていました。

もちろん、今までの職場の中には、嫌な上司もいました。でも、勤務している以上は、顔には出さずに（笑）。自分も完璧な人間ではないから、相手ばかり責めないようにして。

なるべくその人の良いところを探すように心がけました。

でも、今は時代が違います。

上司や先生に対しては、友達のように接することが多いです。いちしの里の社長さんに対しても、そうですね。職場の人間関係が円滑になるんでしょうか。若い人はそれでいいのかなと思います。

でも、私自身はずっとそうしてきたので、悪いことではないし、そのままでえわと。社長さんは孫と同じくらいの年齢でまだ若いですが、経営者だから、私

いちしの里の淺野社長さん。お若いですが、とてもしっかりなさり、熱心に仕事されています。

にとっては目上の人。だから、ていねいに対応をしています。

それに、社長さんは介護保険に忠実で真面目に仕事をされています。民間の施設では珍しいことのようですが、いちしの里には、国立の三重大学医学部や三重県立看護大学看護学部の学生さんが実習にこられます。会社として、きちんとしているからなんでしょうね。

現場に対しても、ややこしいことは言わずに責任者に任せてくれるので、スタッフが働きやすいですね。年齢に関係なく、尊敬できる方だと思います。

誰にでも良い面悪い面がある。良い面にいかに目を向けるか

40年以上責任者の仕事をしていましたが、職場の人間関係はいつでも難しいと思っていました。

とくに、悪いところがある人に直してほしいと注意するのは、責任者の仕事の中でも一番気を使いました。注意されると、嫌になって辞めてしまう人もいます。看護師や介護士はいつでも人手不足ですので、辞められるとかなわんのです。だから、あまり強く注意することもできませんでした。

グループホームの責任者をしているとき、仕事中にずっとご主人の悪口ばかり言っているスタッフがいました。

何度か注意しましたが、態度は改まりません。そこで、とうとう、その人と上司である事務長を呼んで、「あんたのこういうところが悪い」とはっきり理由を言って、辞めてもらったことがあります。今は、辞めさせるのは難しいと思いますが……。

悪口は聞かされるほうも気分が悪くなりますし、仕事がはかどりません。職場全体に悪影響を与えると考え、思い切った行動に出ました。

でも、今でも、あれでよかったのかな、あの人はどうされているかなと、思い出すことがあります。

職場にはいろいろな人がいるので、なかには気が合わない人もいます。そんなときは、「この人にはこんな良い部分がある」と思うように。

人間には二面性があって、良い面と悪い面がある。なるべく良い面を見るようにしていました。

それでも、どうしても直してもらいたい部分がある人には、1人で抱え込まずに上司や他のスタッフにも相談し、解決するようにしました。

人間関係を円滑にする、小さくて大きな5つの知恵

① あとわる言葉にならないようにする

中部電力で保健婦として働いていた60年以上前、接遇訓練を受けたとき「あとわる（後悪）言葉」というのを教えてもらいました。

人間関係を円滑にするコツで、「あんたはここが悪いけど、ここは素晴らしい」というように、初めに悪い部分を言って最後に褒めます。逆に、初めに褒めて、後で悪い部分を言うと、せっかく褒めたのに最後の印象が悪くなります。

今でも人と話すときは、「あとわる言葉」にならないようにしています。

60年以上経っても、自分の気持ちの中に入っているのだから、効果を実感しているんでしょうね。さらに私は、最後に「ここが素晴らしいから、がんばってね」と、励ますような言葉を追加するようにしています。

私が若い頃は、上司に叱られてこそ伸びるという風潮でした。でも、時代は変わり、今はそれでは人はついて来ませんね。

だから、必ず、会話の中に「うまくできたね」とか「偉かったね」とか、褒め言葉を入れるようにします。スタッフだけでなく、入居者さんに対しても、褒めることを大切にしています。

② 言葉には出てこない相手の気持ちを考える

精神科の病院で副総婦長をしたときは、患者さんの対応に悩みました。でも、だんだんと「この患者さんは、こういうことを考えて話しとるんかな」と、わかってきました。

言葉には出てこない、裏っかわの気持ちを考えて話を聞くようになりました。これは、私にとって大きな収穫でした。

それからは、患者さんでなくても、仕事でスタッフと話しているとき、家族や友達と話しているときでも、心がけるようになりました。もう50年以上前の経験ですが、今でも私の中で生きています。

若い看護師さんと一緒に仕事をしていて、「今時の若いもんは」とは思いません。でも、時々、仕事にドライで、時間がきたらサッと帰る場面を見ると、「私たちのときとは違うな」と、今時の感覚を実感します。

そんなときは、「家で子どもが待っているから、一刻も早く帰りたいんだろうな」と、相手の気持ちを考えてみたら、それも仕方がないなと理解できます。

③　プライベートなことは言わない、聞かない

学生のとき、ある婦長さんが、召集された戦地で家の心配事はいっさい言わず

に仕事をしていたと、聞いたことがありました。その方は、家にお年寄りや病気の人も残してきたらしいのです。

私は「そんな立派な方がいるんだな」と、そのエピソードがずっと心の中に残っています。

私も、職場では家の心配事は話さないように心がけてきました。どうしても愚痴になるので、聞かされるほうも不愉快ですから。とくに責任者になってからは、自分からは言わないし、スタッフにもよけいなことは聞きませんでした。

今の職場でも、スタッフには「子どもは何人?」「ご主人の仕事は?」といったプライベートなことは聞きません。それぞれ家庭の状況があるので、言いたくないこともある。相手から家のことを相談されたら、答えるようにしています。

④ どんな職場にも良い部分がある

仕事を始めて80年近くになりますので、色々な職場を経験しました。私が若い頃に比べて、今は仕事がいくらでもあるので、ちょっと嫌なことがあると辞める方も多いですね。

長く働いてわかりましたけど、「青い鳥」はどこにもいません。どんな職場に行っても、良いところ、悪いところがある。

スタッフに相談されたときは、

「どこに行っても、自分の思うような職場はあらへんで。片っぽがええと、片っぽが悪いこともある。ここでがんばって、良いところを見つけていかな、あかんと違う？」

と答えていました。

自分の価値観に職場を合わせようとすると難しいけれど、そこのやり方や人間関係を見て、自分のほうで合わせていかないと仕方がない。どんなところでもがんばれば、必ず自分の人生にプラスになると思います。

⑤ お手紙を書きます

何か用事があるとき、電話をするよりも手紙を書くことが多いです。とくに、込み入った話のときは、書きながら自分の気持ちも整理されるためか、手紙のほうが伝わるように思います。

あやふやな文字は辞書で引いて調べるので、今は、認知症予防にもなると思い、しょっちゅう書いています。

時々、私の雑誌のインタビュー記事を読んで、お手紙をくださる方がいます。

この間も、復職したばかりの看護師の方で、人間関係に悩んでいるというお手紙が届きました。人間関係では私も苦労しましたから、体験を踏まえてお返事を書き、参考になりそうな雑誌も同封しました。

その方からお返事が来て、「がんばってみます」とのことだったので、ホッとしました。

親族とも「つかず離れず」「寄りかかりすぎず」に

主人は80歳のとき、胃癌で亡くなりました。家のことは何もかも、ひとりでやらないといけなくなったので、やっぱりいないと違うなと、存在の大きさに改めて気づかされました。

それまで悪いところもなかったので、ちっとも健康診断に行ってくれませんでした。胃癌がわかったときは、かなり悪かったんです。「私がもっとうるさく言えばよかったかな」と、その部分は後悔しています。すぐに入院して手術をしてもらいましたが、3ヵ月で亡くなりました。

主人が入院しているとき、私は「グループホームの責任者をしてほしい」と頼まれました。「主人が入院しているからできません」と一度は断ったのですが、「他に適任がいないから、入院の件は考慮するので」と言われて引き受けました。

そのとき、主人の妹が元気で、「昼間は私が病室に行くわ」と言ってくれたので、私は夜、仕事が終わってから病室に通いました。周りの人に協力してもらって、仕事と看護の両立ができました。

主人は、細かいことをごちゃごちゃ言う人ではなかったですね。私の思う通りにさせてくれたので、仕事もずっと続けられたと思います。でも、家事を手伝ってくれることは、あまりなかったですね。主人に頼むよりも、私が動いたほうが早かったので、つい私がやってしまいました。

でも、入院する前、庭の芝生をきれいに刈ってくれました。仕事から帰ってきて「あれ、あんたがやってくれたん?」と聞いたら、主人が「うん」と……。体はだるかったやろうけど、最後にそれをしてくれました。それまで、仏さんの花を替えることもしない人だったのに、うれしかったです。

主人とは、意見の違いはありましたけど、喧嘩しても仕方がないと思っていました。私も仕事が忙しかったから、よけいなことはあまり話しませんでした。亡くなってから、主人に「もう少し目をかけてやれんかったかな」と思いましたが、それがよかったのかもしれません。お互いに、相手に寄りかかりすぎず、ちょうどいい関係だったのだと思います。

子どもは息子が2人ですが、同じ県内の別の場所でそれぞれ暮らしています。子どもが小さいとき、今のお母さんみたいに、学校行事に参加したり旅行に連れて行ったりなどは、できませんでした。子育て中は、もう少し子ども優先でもよかったかなと、今頃反省しています。

長男のところには、孫が2人、ひ孫が5人。最近、玄孫が生まれました。次男のところは、孫が2人います。玄孫を出産したひ孫は、看護師をしています。この間、玄孫に会いに行ってきました。

ひ孫の病院では、産休が1年間とれ、院内に保育所もあるそうです。出産しても仕事が続けられるのは、いいことですね。

そのお母さん、孫のお嫁さんですが、やはり看護師です。20年以上勤務しているので、ひ孫も親の姿を見ています。看護の仕事の忙しさや家庭との両立の大変さなどもわかったうえで、「自分もできる」と思って選んだのでしょう。家族に引き継がれていくのは、うれしいですね。

いつもは、用がないと会いませんが、お盆とお正月には、みんながうちに集まります。長男のお嫁さんが連絡をしてくれ、料理をみんなで作って食べて、大宴会でした。

一番上のひ孫とともに。夫が存命だった20数年前、70代の頃。このひ孫も先日母親になりました。

孫やひ孫たちが敬老の日に贈ってくれたもの。

でも、私が家の掃除や買い物など準備をするのがえらく（＝しんどく）なってきて、最近は、お正月はうち、お盆は外に食べに行くなど、少しラクさせてもらっています。

新型コロナウイルスの感染の心配から、昨年のお盆は集まりませんでした。お正月は、ひ孫たちがお年玉をもらいに来ましたが、大宴会はなく、2～3時間で帰っていきました。

寂しいけれど、仕方がないですね。これからどうするかは、長男のお嫁さんに相談します。

第5章

どんな苦労も経験も私という人間を作る薬

「一生涯を貫ぬく仕事」を持てた、ありがたさ

59歳のとき、総婦長になった病院で、福澤諭吉の心訓が大きな額に入れて飾ってありました。毎週月曜日の朝礼のとき、この7項目をみんなで唱和していました。ずっと昔、雑誌で、俳優さんが家族みんなで読んでいるという記事を目にして、「いいな」と心に残っていました。

だから、就職した病院で飾られているのを見つけたときは、うれしくなりました。その後、新人教育など、研修の場でも使わせてもらいました（編集部注：実際は福澤諭吉が書いたものではなく、作者は不明なようだが、人生の教訓として

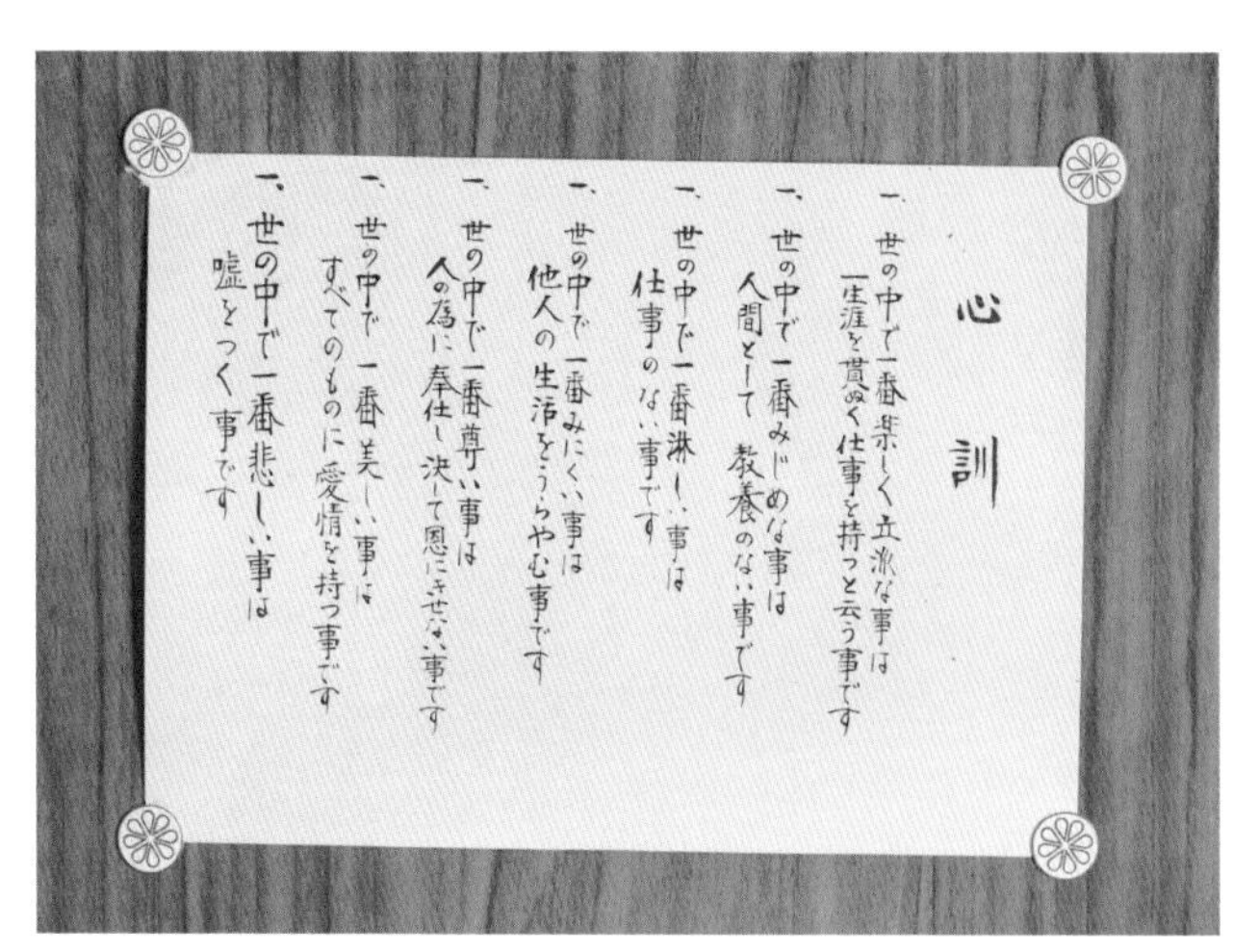

心訓

一、世の中で一番楽しく立派な事は
一生涯を貫ぬく仕事を持つと云う事です

一、世の中で一番みじめな事は
人間として教養のない事です

一、世の中で一番淋しい事は
仕事のない事です

一、世の中で一番みにくい事は
他人の生活をうらやむ事です

一、世の中で一番尊い事は
人の為に奉仕し決して恩にきせない事です

一、世の中で一番美しい事は
すべてのものに愛情を持つ事です

一、世の中で一番悲しい事は
嘘をつく事です

居間の壁に貼ってある、福澤心訓。

広く知られている）。

「世の中で一番楽しく立派な事は一生涯を貫ぬく仕事を持つと云う事です」

なかでも、この1文は一番印象に残っていたものです。私は、看護師しかしてこなかったけれど、それで「よろしかったんかな」と思います。

今でも、この心訓を居間の壁に貼って、時々眺めています。自分が日々、こんなふうに過ごせているかなど、振り返るようにしています。

看護師をしているひ孫と、就職したばかりのひ孫にも、「社会人として知っておいたほうがいい7項目があるよ」と教えておきました。

取り入れるかどうかは本人たちの自由ですが、知る機会になればいいのかなと思います。

今も昔も看護師としてのやりがいは、患者さんが元気になること

30代後半で転職した精神科の病院で、管理の仕事についてから、80代前半までずっと責任者を任されてきました。直接、患者さんに看護をするよりも、スタッフの人事や教育、病棟の問題解決、業務改革などに尽力してきました。

今は一看護師として、肩の力を抜いて楽しく働かせてもらっています。若い頃に現場のスタッフを経験した後、みんなをまとめる責任者になり、そして、また現場のスタッフに戻りました。

でも、どんな立場になっても、大切にしてきたのは、「苦しんでいる患者さん

が少しでもラクになるように、何がしてあげられるか」です。看護の質の向上を常に考えてきましたが、それは1人ではできません。いろいろな問題点を周囲のスタッフと話し合いながら、解決してきました。

今、職場で問題になっているのは、入居者さんの便秘です。年を取るとどうしても便秘になるので、スムーズな排便を促すために何がしてあげられるのか、看護と介護のスタッフが連携して取り組んでいます。

病気ではないけれど、老人の施設なので、体調管理は大切な仕事です。経過を観察し、必要なら主治医とも連携できるようになっています。

「この人、最近便が出ていない」と介護スタッフから報告があると、看護師が記録を確認して、必要なら薬を飲ませます。オムツ交換は介護スタッフの仕事なので、お互いに協力してやっています。

また、最近こんなこともありました。

私が取っている新聞にクイズがあったので、入居者さんに持って行ってあげました。1日ベッドにいるので、「変化がなくてつまらないだろうな。少しでも楽しめたらいいな」と思ったのです。その方はとても喜ばれ、実際にやってみたそうです。

小さいことですが、入居者さんが喜んでくれることがあったら、お手伝いさせてもらいたいなと思います。

若い頃のように、今はキビキビ働けません。一看護師として、与えられた仕事をこなすことに一生懸命です。

でも、管理の仕事をしていたときよりは、気がラクですね。入居者さんにクイズを持っていってあげるなんて、ゆったり向き合える今だからできることです。

「今できる看護は何だろう」といつも考えながら、働いています。

看護師はいい仕事だと思います。どんな時代でも必要とされますし、ちょっとしたことでも患者さんにしてあげると感謝されるのは、うれしいですね。

何事も断ることはしない。苦労が人間性を作り上げてくれる

新しい仕事は、自分を試すチャンスになります。人が「やってみたら」と言ってくれたことなのに、私が「できない」と言うのもおこがましいと思って、断わらずに挑戦してきました。

なかでも、大きな挑戦だったのは、精神科の病院の責任者として働いていた40代のとき、看護学校の講師をしたことですね。

総婦長さんからの依頼でしたが、人に教える教育も受けていないので、最初は「困ったな」と思ったんです。でも、「できません」って背中を見せるのは、よく

看護師としていくつかの表彰をいただきました。自分としてはただ目の前の仕事を必死でしてきただけですが、ありがたくお受けしました。

ないという気がして、引き受けることにしました。

自分に能力もないのに「やってみます」と言ってしまい、それからが大変でした。

人に教えることは自分で勉強しないといけないので、看護雑誌を読み漁るなど必死になって勉強しました。

自分の意見が社会や看護の世界で通用するのかを確かめるためにも、他の人の意見や新しい情報を知っておかなければと思いました。

国から受けた叙勲(宝冠章・勲六等)。

夫とともに、叙勲の伝達式で東京に行ったときの写真。65歳の頃。

看護教育に関する本を毎月2〜3冊買って隅から隅まで読んで勉強し、やっと自分の意見が間違っていないと自信を持つことができました。そして、ようやく授業で教えられるのです。

精神科の看護は、通常の業務でも患者さんが何を思って話しているかわからなくて、迷うことがあります。実務でも迷うことを、生徒さんにもどういうふうに教えたらいいのか、いつも考えていました。教科書通りではなく、実務を踏まえて自分なりに枝葉をつけて授業をしていました。

50年以上も前のことですが、今でも忘れることができないほどの苦労でした。でも、どうにか乗り越えることができ、自信がつきました。

その後、転職した別の病院でも、併設された看護学校で講師の仕事をしたり、いろいろな団体から講演を頼まれたりもしました。あの経験があったから、人前で話すことも慣れて、新しい仕事に挑戦できました。

「若いときの苦労は買ってでもせよ」と言いますが、人は苦労を乗り越えて、人間性が培われていくのだなと思います。私にとって苦労とは、人間性を作り上げる薬のようなもの。そう心がけるようになりました。

経験したことのない仕事の苦労、責任者としての苦労、介護や家庭と仕事の両立の苦労、人間関係の苦労、お金がない苦労など、今までたくさんの苦労に突き当たりました。

何にもなくてのんびり過ごしていた時期はほとんどなかったので、他の人よりも苦労が多い人生だったのかもしれません。

でも、いろいろな苦労があったからこそ、自分なりに考えて、解決しようと努力したことは、私を成長させてくれました。

いろいろな経験をさせてもらったので、年をとるにつれて何事も「どんとこい」という気持ちになってきました。今の職場でも、みんなが「困ったな」と言っていても、私は小さいことで動揺しなくなりました。そうクヨクヨせんと、解決できる知恵がついたような気がします。

経験してきたことが、肥料になっているんでしょうか。年いって、ゆったり構えることができるようになったのは、いいことですね。

姉や義母、姪…支えてくれた人たちに感謝のお返しを

今、自分の日常を振り返ってみると、本当に幸せな気持ちです。今持てる体力と気力で精一杯生きています。いつ、お迎えがきてもいいように、がんばっています。

幸いにも、姪や甥、姪の娘が近くに住んでいて、食事の心配をしてくれたり、移動に車を出してくれたりすることがあります。精神的にも、すごく助けてもらっています。そんな支えのお陰で、私は1日でも長く自宅で過ごしたいという希

望をかなえることができています。

感謝の気持ちをどう表現したらいいかと考えました。私は、朝早く起きて、5時〜6時の間で30分〜1時間ほど庭の草引きをしています。そのときに、姪や甥の家の庭の草引きも一緒にしています。

とくに甥は、家で鍼灸の治療院をしているので、庭がきれいだとお客さんにとっても気持ちがいいかなと思っています。

がんばりすぎると体がえらくなるので、自分の家の庭、甥や姪の家の庭を順番に毎日少しずつ。時間はかかりますが、きれいになると、すがすがしい気持ちになります。

庭の草引きと言えば、こんな思い出もあります。精神科の病院に勤めていた頃は忙しく、家に仕事を持ち帰って、夜にすることもありました。家のことをする時間があまりなく、庭の草引きもできませんでした。

ある日、一緒に住んでいた義母の足の甲が、日焼けしていることに気がつきました。そこには、下駄の鼻緒のあとがくっきりついていて、「私が不在のとき、暑い中、義母は庭の草引きをしてくれたのだ」とわかり、胸が熱くなりました。

そのときの光景を、私は草引きをすると今でも思い出します。

その後、義母は脳梗塞になり、2年ほど在宅で夫と一緒に介護をしました。定年退職をした夫が昼、仕事から帰ってきた私が夜介護をし、2人で精一杯がんばりました。

草引きのエピソードは、そんな義母がまだ元気だった頃のこと。いろいろな人たちの協力があって、私は仕事を続けることができました。

「10年目標」で二度、大変な時期を乗り切りました

人生を振り返ってみると、若い頃に体験した戦争は大変でしたが、みんなが同じ苦しみを抱えていました。私だけが苦しかったわけではありません。終戦は、神奈川県湯河原の療養所で21歳のとき。その後、召集解除をされて三重に戻り、23歳で結婚しました。

私にとって大変だったのは、むしろここからです。結婚して、再び仕事を始めてからの人生が、本当に生きるための戦いだったように思います。

結婚するまでは、お金のありがたさもわからず、給料は全部自分のために使っていました。貯金もしていませんでした。でも、結婚して家の家計を見てみたら、「これではあかん。どうにかせんと」ということがわかりました。

家族の生活を整え、子どもを育て、義弟や義妹4人を結婚・独立させるのには、10年はかかるなと思い、家族のことを中心にした10年目標を作りました。主人には10年目標について話をしましたが、義両親には言いませんでした。

最初の10年は、家のことに尽くそうと決めました。義弟や義妹の結婚にもそれなりのお金がかかりましたので、私が働いてもお金は残りませんでした。

子どもが成長し、義弟や義妹が独立した後は、次の10年の目標を考えました。今度の大きな目標は、家族が住む家を建てること。大きなお金が必要になりますが、このとき家に回せるお金は約100万円(当時の金額で)。返済の目処が立つまで10年はかかるなと思いました。

こんなふうに、10年ごとに人生目標を立てておくと、そこにお金や時間を集中して使うことができ、達成しやすかったと思います。

でも、10年目標を立てたのは、この2回だけ。結婚してから約20年が、私の人生の大事なことを決める時期だったのです。その後は、やれやれと思って、自分の仕事に専念しました。

親しい人が亡くなっていく。長生きの寂しさはあるけれど…

私は、5人姉妹の末っ子で、一番上の姉とは12歳離れていました。4番目の姉は、小学生のときに亡くなりましたが、他の3人の姉たちとは、ずっと仲良くしていました。

すでにみんな亡くなっていますが、それぞれの最後は何らかの形でお世話ができました。姉たちには、元気なときにいろいろ助けてもらったので、少しは恩返しできたかなと思いました。

一番上の姉は、喘息で77歳で亡くなりました。当時、私はフルタイムで働いていましたが、まだ若かったし原付バイクにも乗っていたので、時間を見つけては姉の家に行きました。看病をしたり、庭の草引きを手伝ったりと一緒に過ごすことができました。

姉の子ども、私にとって姪ですが、近くの老人ホームに入っています。私も自分で生活できなくなったら、同じ老人ホームに入りたいなと思っています。

2番目の姉は認知症を患いましたが、近くに住んでいましたので、姪たちと一緒に2年ほど介護をしました。仕事から帰ってきてごはんを食べて、毎晩姉の家に行きました。話をしたり、歌を歌ったりしながら、一晩中過ごしていましたね。これが10年ほど前のとき。すでにひとり暮らしでしたので、十分に時間が取れて姉の世話ができました。

3番目の姉は、80代で老人性うつ病になりました。義兄が世話をするのが大変そうだったので、私が仕事が休みの日に、バス旅行や観劇などなるべく気持ちが明るくなるようなことに誘って出かけました。刺し身が喉に詰まったことをきっかけに体調を崩し、2番目の姉よりも先に80歳で亡くなりました。

この姉は、若い頃、少しだけ看護師をしていたことがありました。お給料が出ると、まだ学生だった私にお小遣いを送ってくれました。怖かったけど、いい姉でした。

姉たちとは、大変な時期を一緒に乗り越えてきました。何を言っても、姉たちは受けとめてくれましたから、愚痴をこぼせる相手がいなくなったのは寂しいですね。今は、何かあってもひとりで解決しないといけません。でも、だんだんそういうことに慣れてきました。

召集された湯河原の療養所のみなさんと、毎年していた湯河原会の最後の旅行は4~5年前です。看護師、軍医さん、衛生兵の方、患者さん（軍人さん）など、多いときで50人くらいいましたが、だんだん減って最後は3人。私、奈良と千葉に住んでいる方々で伊勢に行きました。その後、連絡が途切れて自然になくなりましたが、千葉の方の息子さんから、亡くなったと連絡をもらいました。

療養所で一緒だった人の中には個人的にも交流が続き、広島や岡山などに住んでいる方々と手紙や電話のやり取りをしていました。でも、90歳を過ぎたら年賀状を書くことをやめたので、それぞれの消息がわからなくなりました。

もし、手紙を送って、ご家族から「亡くなりました」という言葉を聞くのもつらいし、ご家族にも言わせるのは悪いなと思ってしまいます。だから、「どうしてみえるかな」と気になっていますが、連絡を取らなくなりました。私らの年齢だと、「天国に行っている人も多いだろうな」と思います。少し寂しいですね。

亡くなった主人の妹はまだおりますので、たまに手紙を書いています。消息がわかっている人と、ぼつぼつとやり取りをしています。

最近読むようになった新聞のお悔やみ欄には、80代、90代の人が亡くなっています。それからすると、私もそちら側です。いつお迎えが来てもいいように、覚悟しないといけないないなと思います。

自分のことが自分でできないようになったら、施設に入ること。延命治療はしないで、自然に任せること。息子たちには、そうしてほしいと伝えています。

できれば、気楽に死んでいきたいですね。長生きしている人は、すうっといかれることが多いので、私もそうなったらいいなと思います。

いつか施設に入っても、ボランティアをするつもりです

年齢とともに、体力と気力が衰えてきました。そうすると、依頼心が出てきますね。

自分でバスに乗って職場に行くのは、けっこう疲れるんです。近所に住む姪の旦那さんに「車で乗せて行ってほしい」と頼みたくなります。つい、そういう甘えが出てきてしまう。

でも、「歩く訓練をしないとあかん。頼んだらあかん」と思って、がんばってバスで行きます。

銀行に行ったり、郵便局に手紙を出しに行ったりするときも、頼んだりせんと、自転車で行くようにしています。月1回病院への通院は、行きはタクシーを使い、帰りは病院の送迎車を利用しています。雨の日だけは、姪の旦那さんに「車で送ってくれる？」と頼むのですが、それ以外は自分で。

これからは、頼ることも多くなると思うけれど、姪たちにもそれぞれの家庭があって、忙しい生活をしています。自分のことで迷惑をかけたらいけないと思います。なるべく人をあてにしないようにと、心がけています。

あと3年もすると100歳になります。この先、どう過ごせばいいのかをひとりで考えることも多くなりました。

この間、姪が「施設に入るのはつまらないから、うちにおったほうがいいよ」と言ってくれました。姪の母である姉の介護を2年ほど一緒にした経験があるから、私を世話しようと思ってくれているのかもしれません。気持ちはとてもうれしいですけど、それに甘えるわけにはいきませんね。

来年、再来年の自分の様子を見ながら、どういうふうに過ごすか、自分で決めないと仕方がないと思っています。

今は、いちしの里に行くのが、いい気分転換になっています。うちにいると、この先どうするかと考えすぎて、あかんですわ。よけいなことがいろいろ頭に浮かんできます。

そういえば、最近、ボランティアをしたいという目標ができました。もし、私が施設に入ることになったら、CDプレイヤーを持って行って、音楽をかけながら入居者のみなさんと歌を歌おうと思います。

毎日、やることがないと退屈なので、みなさんと楽しく過ごせるようなことを率先してやりたいですね。のんびり椅子に座っているのは性に合わない、何かしていないとダメなのです。

〈著者紹介〉

池田きぬ

看護師。1924（大正13）年7月9日、三重県一志郡大井村（現在の津市一志町）で5人姉妹の末っ子として生まれる。

地元の女学校を卒業し、赤十字の救護看護婦養成所へ進む。1943年、19歳のとき、海軍に療養所として接収された湯河原の旅館に、看護要員として召集される。終戦後、地元に戻り結婚。長男・次男を出産。中部電力津支店の保健婦として勤務。その後、精神科の県立病院で副総婦長を約20年。最後の1年は総婦長に。定年退職後、訪問看護や介護老人保健施設、グループホームなどの立ち上げにも関わった。

75歳、三重県最高年齢でケアマネジャー試験に合格。88歳のとき、サービス付き高齢者向け住宅「いちしの里」に看護師として勤務。現在も週1～2回の勤務を続ける。2018年6月、75歳以上の医療関係者（当時）に贈られる第4回「山上の光賞」を受賞。

約20年前に夫を見送り、以来ひとり暮らしを続ける。今年は玄孫が生まれた。80年に及ぶキャリアは「すごいことなんてひとつもない。目の前に仕事があるから、それをしてきただけ」。


死ぬまで、働く。

2021年11月30日　　第1刷発行

著　者――池田きぬ

発行者――徳留慶太郎

発行所――株式会社すばる舎

〒170-0013　東京都豊島区東池袋3-9-7 東池袋織本ビル

TEL　03-3981-8651（代表）　03-3981-0767（営業部）

振替　00140-7-116563

http://www.subarusya.jp/

印　刷――ベクトル印刷株式会社

落丁・乱丁本はお取り替えいたします

ISBN978-4-7991-1005-8